# GENTE COMO
# NOSOTROS

# Gente como nosotros

## CUENTOS

Javier Valdés

**ATRIA** BOOKS

New York   London   Toronto   Sydney

**ATRIA** BOOKS
1230 Avenue of the Americas
New York, NY 10020

Copyright © 1997 por Javier Valdés
Copyright © 1997 por Hoja Casa Editorial, S.A. de C.V.

Este libro fue originalmente publicado en México en 1997 por
Hoja Casa Editorial, S.A. de C.V.

Library of Congress Cataloging-in-Publication Data

Valdés, Javier (Valdés Abascal).
[Cuentos para baño]
Gente como nosotros : cuentos / Javier Valdés.
p.   cm.
I. Title.

PQ7298.432.A35C84   2006
863'.7–dc22                          2006041779

ISBN-13 978-0-7432-8653-4
ISBN-10 0-7432-8653-7

Primera edición de Atria Books, junio de 2006

10  9  8  7  6  5  4  3  2  1

**ATRIA** BOOKS es un sello original registrado de Simon & Schuster, Inc.

Impreso en los Estados Unidos de América

Para obtener información respecto a descuentos especiales en ventas al
por mayor, diríjase a: *Simon & Schuster Special Sales* al 1-800-456-6798
o a la siguiente dirección electrónica: business@simonandschuster.com.

*A Laura*

# ÍNDICE

# GENTE COMO NOSOTROS

# GENTE COMO NOSOTROS

*El oro es dinero en efectivo y el amor es un cheque sin fondos*

ANA LAURA y yo decidimos pasar parte del invierno en las montañas. Después de barajar todas las opciones posibles, nos inclinamos por alquilar una casa. Si bien no tendríamos las comodidades propias de un hotel, tampoco sus inconvenientes y —sacando cuentas— nos costaría la tercera parte.

Además, contaríamos con la tranquilidad y la soledad necesarias para trabajar a gusto. Ana Laura debía corregir seis textos que el editor necesitaba lanzar en febrero y yo tenía que terminar más de doce cuentos, los cuales hacía tiempo había empezado y me servirían para pagar buena parte de mis innumerables deudas.

Así las cosas, cargamos mi diminuto automóvil con las vituallas y el instrumental para el trabajo pendiente de dos intelectuales y nos lanzamos a lo que sería nuestro pequeño paraíso terrenal durante algo más de un mes.

El camino a las montañas lo encontramos plagado de aromas e imágenes espléndidas. Los pájaros cantaban como si fuera el último día de su existencia y la pintura que la naturaleza estaba desarrollando nos impresionó sobremanera.

Nos detuvimos en un mirador en la carretera para apreciar mejor el paisaje.

Aunque había muchos árboles sin hojas, otros se encontraban repletos y lucían un color verde oscuro bellísimo. El piso estaba tapizado de hojas, formando un mosaico en varios tonos de marrón. A lo lejos, algunas montañas más altas se hallaban coronadas por nieve y nubes que parecían besarlas.

El aire era bastante frío, pero muy agradable.

Nos fumamos un cigarrillo, en silencio, contemplando aquella belleza.

Ana Laura preguntó entonces:

—¿Hacia dónde está la casa?

Me concentré un momento y después señalé hacía un punto entre dos montañas no muy altas.

—Por allá.

Ella siguió con la vista mi mano y el dedo que apuntaba a lontananza.

—Bueno, pues vámonos. Esto es muy bello, pero no quisiera que nos pillara aquí la noche.

Abordamos de nuevo el Volkswagen, que empezó a dar muestras de fatiga mientras más pronunciado se hacía el camino, pero finalmente la tecnología germana se impuso y el pequeño automóvil remontó triunfante las empinadas cuestas.

A las seis de la tarde llegamos por fin a la casa. Para entonces hacía ya demasiado frío.

Adentro de la casa era una auténtica nevera y se sentía mucho más frío que en el exterior, pero la chimenea rebozaba de leña seca y no tardamos mucho en encender un buen fuego.

Permanecimos acurrucados frente a la lumbre hasta que los huesos se nos entibiaron de nueva cuenta. Luego hice varios viajes al coche para sacar nuestro equipaje, la *laptop* de Ana Laura y mi procesador de palabras.

Una vez hecho esto, nos dedicamos a inspeccionar la casa.

Era un edificio pequeño, bastante antiguo, pero mantenido perfectamente bien; constaba de una agradable sala, comedor, una gran cocina —que contrastaba con el tamaño de la casa— y una habitación sumamente acogedora. Aquí había otra chimenea, la cual Ana Laura encendió de inmediato.

Nos servimos una copa y comimos queso y paté enlatados. Después de una breve sobremesa, arreglamos la habitación y luego de retacar ambas chimeneas con leña nos acostamos a dormir. El camino había sido un poco pesado, no sólo para el Volkswagen, para nosotros también, y el frío nos invitaba a buscar cobijo bajo las sábanas y un grueso edredón de plumas, que la compañía que alquilaba la casa había provisto.

Ésa fue la noche que llegamos a las montañas.

Al día siguiente comenzamos cada uno con su trabajo. El aire montañés me caía de perlas y ese día terminé un cuento que tenía atorado desde hacía seis meses. Ana Laura, por el contrario, después de trabajar un par de horas, se dedicó a deambular por la casa y casi no hizo otra cosa. Antes de las cinco de la tarde ya se había bebido más de media botella de vodka. A las ocho de la noche, tuve que llevarla a la cama, pues se había quedado dormida frente a la chimenea.

Los días transcurrieron más o menos con la misma tónica. Si bien ella no se embriagaba todo el tiempo, muy pronto se dio cuenta de que había sido un error enclaustrarnos en aquella parte del planeta. La bella mujer no podía trabajar y salía a caminar por el bosque. Tres o cuatro veces cogió el auto para ir al pueblo cercano a comprar víveres —y vodka. Yo, mientras tanto, terminaba con rapidez una historia tras otra; me sentía como una botella de vino espumoso a la cual le hubieran quitado el corcho y ahora desbordaba frase tras frase con una celeridad que antes nunca había conocido.

Al mismo tiempo, la *laptop* de Ana Laura permanecía inactiva y solitaria, como si fuera nada más que parte de la decoración de la vivienda.

Yo sabía muy bien que Ana Laura se moría de ganas por volver a la ciudad o ir a un sitio más animado, pero no dijo una sola palabra al respecto. Llevaba su aburrimiento con estoicismo.

Una tarde —en el apogeo de su tedio— descubrió la tapa de entrada al desván de la casa. Ésta se encontraba sellada, pero no hay sello que resista la curiosidad femenina, así que Ana Laura se dedicó a explorar el sitio, ayudada de una linterna que trajo del auto.

Después de un rato, encontró algo interesante que me mostró a la hora de la cena.

Era un viejo cuaderno con dibujos que trataba precisamente sobre la casa en la que estábamos. En él se podía observar una secuencia muy exacta, desde un dibujo del terreno baldío, hasta la casa completamente terminada, pasando por los cimientos, la construcción de las paredes, el techo.

Cada dibujo llevaba la fecha al pie de la página. La casa había sido terminada hacía más de un siglo. Ana Laura preguntó al cerrar el cuaderno:

—¿Qué te parece?

—Excelente dibujante.

Aquella noche no hablamos más del asunto.

A partir de entonces, el aburrimiento de mi chica desapareció por completo. Dedicaba todo el día a observar los bocetos del viejo cuaderno. Parecía hipnotizada con él. Pasaba horas mirando cada uno; daba la impresión que se tratara de una colección de algún maestro flamenco. Ana Laura suspendió el consumo de vodka y casi no comía ni salía a caminar. Se encontraba como bajo el dominio de un hechizo.

A los tres días de su hallazgo en el desván, interrumpió mi concienzudo trabajo:

—¡Mira esto!

Me señalaba un punto de un dibujo en especial. Yo no acertaba a descubrir el meollo de su atención:

—¿Qué es?

—Parece una especie de sótano.

Efectivamente, en el grabado aparecía una excavación grande. Justo abajo del piso de la cocina. Yo no le di importancia.

—Debe ser una cisterna —dije, tratando de volver a mi trabajo.

—No lo creo —insistió—, aquí lo que sobra es agua, además hay un pozo a unos metros de la casa. ¿Para qué construir una cisterna? Y algo más —añadió levantando levemente una de sus hermosas cejas—, ya examiné el piso de la cocina y no existe ningún registro.

—¿Y? —pregunté desinteresadamente, mientras encendía un cigarrillo.

—Puede ser un escondite secreto. Tal vez haya tesoros allí dentro. ¿Te imaginas?

Definitivamente, mi inspiración se había fracturado, así que decidí prestarle más atención a lo que mi bella acompañante sugería.

—¿Dices que no hay ningún registro en el piso de la cocina?

—Compruébalo tú mismo.

Me dirigí a la cocina, con el cuaderno abierto en mis manos y me situé en el punto donde se suponía existiría el escondrijo.

No había nada. Sin embargo, la loseta que cubría el piso de la cocina no era la misma que mostraba el grabado de la casa a medio construir.

Ésta se veía mucho más moderna.

—No es el mismo piso, —dije, mientras miraba distraídamente las puntas de mis botas.

Ana Laura pareció decepcionada al notar la observación.

Sólo para darle gusto a mi dama, golpeé con el tacón todo el piso de la cocina. En ningún sitio se escuchó que estuviera hueco. Todo era tan sólido como la roca.

—Mira, Ana Laura, creo que se trataba de un depósito de algún tipo. Con el tiempo, ya no tuvo utilidad alguna y al cambiar el piso de la cocina, los nuevos dueños simplemente rellenaron el agujero y sanseacabó.

Con el aspecto de una niña reprendida, dijo:

—Está bien, sin embargo, parecía una buena idea. ¿O no?

A la mañana siguiente, Ana Laura estaba echada sobre el piso de la cocina, investigándolo centímetro a centímetro.

Como yo tenía otras cosas que hacer, no le presté atención. Si ella deseaba pasar el día buscando pistas de tesoros inexistentes, ¡adelante! Yo haría lo mío.

De reojo, me di cuenta de que abandonaba sus pesquisas en la cocina al filo del mediodía y volvía a subir al desván.

Horas después, bajó cubierta de polvo, con un rollo de antiquísimo papel entre las manos.

Sin decir palabra alguna, lo desenrolló delante de mí, encima de mi procesador de palabras.

Era un bien diseñado proyecto de construcción. Parecía el plano original de la casa. Poseía una creatividad magnífica; estaba logrado en tinta color sepia. Los trazos revelaban sin duda alguna el exacto pulso de un consumado dibujante.

Y allí estaba… El sótano debajo de la cocina. Claramente delineado con puntitos, pues se trataba del subsuelo.

Esta vez decidí tomar en serio a Ana Laura.

Si se trataba de algún tipo de almacén y había sido clausurado, no perdíamos nada con investigarlo, aunque sólo fuera para darle el gusto a mi hermosa compañera.

Al día siguiente fuimos al pueblo. No había ninguna oficina de construcciones ni de registro de obras privadas, pero nos indicaron que en la biblioteca podríamos encontrar información sobre algunas de las construcciones locales.

La mujer madura que nos atendió en la biblioteca resultó más fría que la mañana y tardó varios minutos en convencerse de que no pensábamos asaltar el sitio ni nada por el estilo. Finalmente, después de hacernos pedazos con un par de miradas, nos guió al cuarto de lectura; nos ordenó tomar asiento y nos exigió silencio absoluto llevándose un dedo a los labios. Ni Ana Laura ni yo habíamos articulado palabra alguna, pero la fea arpía parecía complacida en tratarnos como a un par de colegiales.

Desapareció durante lo que se nos figuró una eternidad y luego entró nuevamente. Traía consigo un libro enorme y dos más pequeños, todos bastante antiguos.

Abrió el libro grande sobre una de las mesas y a señas nos indicó que allí estaba lo que estábamos buscando. Después, hablando en voz muy baja —lo que resultaba ridículo, pues no había nadie más en la sala de lectura— nos dijo que en los dos libros pequeños encontraríamos información adicional. Nos advirtió que cuidáramos el material, pues era muy valioso. Luego volvió a observarnos largamente y por fin desapareció rumbo a su escritorio.

Ana Laura se volvió a verme —divertida— y dijo en un susurro:

—Pórtate bien si no quieres que la maestra te expulse de la escuela.

Tuve que contenerme para no soltar una carcajada, si bien el chiste no era sensacional, la tensión del lugar y del momento lo habían hecho sonar excelente.

Una vez bajo control, nos dedicamos a mirar el libro grande. No tenía ningún título y contenía grabados de varias construcciones, tanto dentro del pueblo, como de sus alrededores. La mayoría de estos dibujos iban acompañados de una breve descripción de cada construcción y de uno o varios planos.

En una de las páginas centrales se encontraba nada menos que nuestra actual morada. El plano era el mismo que había encontrado Ana Laura en el desván. Parecía una réplica elaborada con fotocopiadora. Era perfecta.

La descripción acerca de la casa no proporcionaba información alguna, aparte de los detalles meramente técnicos.

Observamos otras construcciones más o menos parecidas y ninguna tenía sótano.

Ana Laura interrumpió mis cavilaciones.

—Si se trata de una edificación común y corriente, ¿por qué aparece en la crónica del pueblo?

Sin esperar a mi respuesta, la cual consistiría en un impotente encogimiento de hombros, ella empezó a hojear uno de los libros más pequeños. Yo hice lo propio con el otro.

Éste describía algunas casas particulares del pueblo y su historia.

La casa que nosotros ocupábamos tenía la característica —al parecer la única— de haber sido diseñada y dibujada por un hijo predilecto de la región. Un dibujante exquisito e impecable.

En esto estaba, cuando Ana Laura me interrumpió, casi gritando:

—¡Mira esto!

Yo apenas acomodaba el libro para poder observar lo que la bella me señalaba, cuando una tétrica voz hizo que se me erizaran todos los cabellos del cuero cabelludo.

—Si no piensan guardar silencio, será mejor que se marchen.

Se trataba de la bibliotecaria, quien —visiblemente molesta— nos amenazaba con un largo y deforme dedo índice.

—Usted disculpe —dijo Ana Laura, en voz muy baja y dulce.

—¡Que sea la última vez! A la próxima nos veremos obligados a suspenderles el servicio.

La vieja bruja habló en plural como si nos encontráramos en la biblioteca central de Nueva York y no en aquel agujero en lo más recóndito de las montañas.

Afortunadamente, volvió a su sitio y Ana Laura señaló con uno de sus bellos y estilizados dedos, una parte del libro que había estado leyendo.

Se describía la construcción de marras, mencionando principalmente el diseño. Lo sobresaliente era que el dueño de la casa había contratado al mejor arquitecto de la comarca para que le diseñara un refugio. No un simple sótano, sino un refugio perfectamente ideado para protegerse en caso de una guerra.

No había pormenores.

Ésa era toda la gracia de la casa y por eso se encontraba registrada en los libros.

Ana Laura le pidió atentamente a la bibliotecaria que le tomara copias fotostáticas de los dibujos y los planos, a lo cual, se rehusó rotundamente, argumentando que la copiadora era para uso exclusivo de la biblioteca y no de "los bulliciosos turistas".

—¿Podría entonces prestarnos los libros para obtener copias en alguna otra parte? —pregunté.

—¡Desde luego que no! —respondió airada la bruja—. Por nada del mundo expondría los tesoros del pueblo en manos de gente como ustedes.

—¿Qué sugiere entonces? —pregunté divertido, recordando mis días en la escuela secundaria.

—No sugiero nada, excepto que se marchen con su música a otra parte. Aquí no son bienvenidos.

Diciendo esto, retiró los tres libros y fue a acomodarlos en su sitio, dando por terminada la discusión.

Una vez en la calle, el frío nos recibió a bofetadas así que fuimos a refugiarnos a una cafetería.

Unas campanitas sonaron al abrir la puerta y el aroma a pan recién horneado y a café nos invadió agradablemente los sentidos. El fuego ardía en una chimenea situada en un extremo. Aquel lugar era la definición exacta de la palabra acogedor.

Un hombre muy obeso, entrado en años, gastando un gran delantal blanco y cara de bonachón, se acercó a atendernos. Su rostro —en especial la nariz— mostraba las huellas de una larga e inútil batalla librada contra el exceso de alcohol, pero sus modales eran atentos y agradables.

Ordenamos café y un par de coñacs —para entrar en calor.

Se encontraban ocupadas otras dos mesas y un tipo solitario fumaba una pipa en la barra, frente a una humeante taza.

El hombre gordo nos sirvió lo que habíamos pedido, mientras preguntaba con voz arenosa:

—¿Turistas?

Después de la experiencia sufrida en la biblioteca, dudé en contestar.

Ana Laura tomó la palabra, produciendo al mismo tiempo una de sus adorables y melosas sonrisas.

—Alquilamos una casa en las afueras. De hecho vinimos a trabajar. Somos escritores.

El hostelero esbozó una sonrisa de franca bienvenida, dejando ver un gran espacio negro donde alguna vez habían existido dientes.

—Sean bienvenidos —exclamó. Sin decir más, se alejó de nuevo y se situó atrás de la barra, procediendo a limpiar (más bien a lustrar) una cantidad interminable de tazas y vasos.

Su actitud disolvió rápidamente en azúcar el gesto de la amarga bibliotecaria. Después de unos minutos, ordenamos más coñac. El café era muy fuerte, pero tenía un sabor delicioso.

El hostelero nos volvió a servir.

—Estos son cortesía de la casa —dijo, mientras se empinaba un vasito lleno del mismo licor.

Ana Laura lo invitó a sentarse con nosotros y él aceptó de buena gana.

El buen hombre se llamaba Guillermo.

Después de unos minutos de plática, el tipo de la gran nariz con venas reventadas preguntó:

—¿Cuál es la casa que alquilaron?

Sin mucho problema procedimos a darle las señas.

—¡Ah! La casa de Bernabeu.

—¿La conoce? —le preguntó Ana Laura revelando una infantil cara de sorpresa.

—Todos en el pueblo la conocemos. Mi padre platicaba que el propietario era un francés que estaba medio loco. Vivía pensando en guerras e invasiones...

Le dio un sorbo a su coñac y después de limpiarse los labios con el dorso de una mano, continuó:

—Decían que vivía obsesionado con las guerras. Contrató a uno de nuestros mejores chicos para que le hiciera una casa con un buen refugio. Decía que a él no lo atraparían tan fácilmente.

En ese momento, uno de los parroquianos le gritó al hostelero, demandando servicio.

—Ahora vuelvo —dijo, inundando el ambiente con un denso olor a alcohol.

Unos minutos después, el hombre regresó a la mesa, pero ya no tomó asiento, sino que cruzó los brazos y preguntó:

—¿En qué estábamos?

—Decía usted que... ¿Bernabeu?... estaba obsesionado con las guerras —contestó Ana Laura, pletórica de interés.

—¡Ah! Sí. ¡Y con las invasiones! Según parece, su abuelo había servido en el ejército de Napoleón, debe haberle narrado demasiadas atrocidades al pobre hombre cuando era sólo un niño.

—Pero... Si todos sabían que tenía un refugio, eso ya no le daba ventaja alguna, ¿o sí? —preguntó Ana Laura.

Guillermo se llevó un índice a la sien y se dio varias vueltas, indicando locura.

—¿Qué ocurrió con él? —pregunté.

—¿Con Bernabeu? Nadie lo sabe con certeza. Después de

estrenar su flamante casa, contrajo matrimonio y desapareció del pueblo.

—¿Ha entrado alguien en el refugio? —demandó Ana Laura.

—Nadie. Después que el francés se marchó y antes de que la municipalidad se apropiara de la casa abandonada, muchos curiosos quisieron encontrar el acceso al sótano, tal vez pensando que hallarían algo de valor allí dentro. Sin embargo, parece que Bernabeu hizo un buen trabajo, nadie ha podido encontrar la entrada.

El hostelero volvió tras la barra a su eterno lustrar de vasos y tazas.

Permanecimos en silencio algunos minutos.

Entonces Ana Laura afirmó:

—Tenemos que excavar en ese sótano. Allí hay algo.

—Tranquila, mi amor. Antes de destrozar la casa, debemos buscar algún acceso al refugio. Tal vez exista —dije, poco convencido.

Pagamos la cuenta y salimos de nuevo al frío de la calle.

Una vez en el auto, nos dirigimos en silencio a casa —a la casa del paranoico Bernabeu. No hablamos en absoluto. La historia me llamaba la atención y tuve la idea de que se podía escribir un buen cuento acerca de todo aquello. Más aún, si lográbamos de alguna manera penetrar en el sótano, un cuento no bastaría. Habría elementos suficientes para una novela, sin importar lo que encontráramos en el subsuelo; precisamente para eso estaba la imaginación del escritor.

Tal vez no había tesoros enterrados allí, pero, si se lanzaba al mercado una novela interesante, ésta sería una especie de pequeño tesoro.

Cuando llegamos a la casa, estaba congelada. Ana Laura se dedicó a alimentar el fuego de las dos chimeneas.

Aunque era temprano todavía, el coñac nos había hecho entrar en calor y nos servimos sendos vasos de vodka, antes de arrellanarnos en el sillón frente a la chimenea de la sala y dedicarnos un buen rato a observar cómo las llamas devoraban la leña seca.

Ana Laura rompió el silencio.

—¿Qué sugieres que hagamos?

—Podemos buscar un acceso al sótano, si es que todavía existe.

Ella esbozó la mejor sonrisa de su catálogo y respondió:

—Trato hecho. Manos a la obra.

Apuramos el vodka que quedaba en los vasos y nos distribuimos el trabajo:

Yo exploraría la cocina, el baño y la alcoba; Ana Laura, por su parte, la sala y el comedor.

Pasamos horas escudriñando en cada rincón, en cada recoveco. Si alguien nos hubiera estado observando, seguramente habría pensado: o bien que estábamos completamente dementes; o que ensayábamos una obra teatral de Ionesco.

Nos arrastramos por el suelo como meras cucarachas; quitamos los cuadros y los espejos de la pared; palpamos cada orificio y cada panel de madera buscando botones y trampas.

Nada.

A las siete de la noche nos encontrábamos completamente rendidos y hambrientos. No habíamos descubierto más que unas cuantas telarañas y mucho polvo.

El fracaso y la desilusión eran el común denominador en el ambiente.

Cenamos pavo frío acompañándolo con una botella de vino blanco; abarrotamos de leña las dos chimeneas y nos marchamos a dormir.

Ya que el estado de ánimo no era propicio para el ejercicio sexual, nos quedamos muy pronto profundamente dormidos...

*...Me encontraba en el refugio de Bernabeau. Se trataba de un pequeño, pero bien distribuido salón. En el suelo había apiladas varias colchonetas, cobijas, alimentos enlatados y dos pequeños bidones como de diez litros, llenos de agua. Más allá, varias cajas cuyo contenido era carne seca, galletas, muchos envases de frutas en conserva y un costal repleto de nueces; otro igual, con avellanas y uno más, lleno de piñones.*

*Caminaba por allí y, aunque estaba completamente a oscuras, veía todo a la perfección. El lugar estaba impecable, como si alguien acabara de hacer la limpieza. Encima de una caja de madera que contenía pescado seco, había una fotografía muy antigua en color sepia. La tomé en mis manos. Una pareja de recién casados posaba seriamente ante la cámara. Cuando observé bien la fotografía, no pude dejar de asombrarme. Los protagonistas eran nada menos que ¡Ana Laura y yo!*

Desperté empapado en sudor. Me llevó más de dos minutos convencerme de que todo había sido solamente un sueño, —una pesadilla— producto de la obsesiva búsqueda realizada durante el transcurso de la tarde.

Fui hasta la cocina y encendí la luz, al igual que un cigarrillo. La botella de vodka estaba a mi alcance y me serví un buen trago.

Ana Laura y yo nos estábamos obsesionando, eso era todo. Si había existido el maldito sótano, simplemente había sido clausurado. Punto. Yo no tenía por qué seguirle la corriente a mi bella acompañante. Este asunto debía terminar ¡ya!

Al día siguiente le pondría los puntos sobre las íes a Ana Laura y me dedicaría a trabajar en lo mío. En lo que me daba para comer y pagaba en parte el alquiler de aquella casa. Bernabeu y su puta madre se podían ir al mismísimo infierno.

Yo no tenía necesidad alguna de sufrir pesadillas como aquella…

…Entonces escuché claramente un ruido. Me quedé paralizado. Más que oír, podía sentir unos pasos que se acercaban hasta donde yo me encontraba.

Por un momento, dejé de respirar y mi corazón se detuvo. El vaso de vodka que tenía en la mano se soldó a mis dedos como si fuera parte de mí. Durante un estúpido instante observé el transparente líquido. Se encontraba tan tranquilo como una piscina cubierta.

¿Ahora qué? ¿El espíritu de Bernabeu? ¿Algún ánima en pena?

Cerré los ojos esperando lo peor y, al abrirlos nuevamente, di un brinco de puro susto, soltando el vaso, el cual se estrelló en cámara lenta contra el piso.

Un fantasma rubio, vestido de blanco estaba parado frente a mí.

—¿Me sirves uno? —dijo Ana Laura, con la cara descompuesta y agregó—he tenido una pesadilla horrible.

Fingiendo entereza, le serví a mi diva un poco de vodka en un vaso. Me aclaré la garganta —la cual parecía aquella de un pollo en el matadero y, tratando de sonar muy tranquilo, interrogué:

—¿Pesadilla? ¿Qué pesadilla?

Al pie de la letra, Ana Laura la describió.

Sentí que me recorrían la espalda con un trozo de hielo y se me puso toda la carne de gallina.

Ana Laura había tenido exactamente el mismo sueño que yo.

—Debe ser el cansancio —dije, tratando de sonar confiado.

Ella bebió de golpe todo su trago y dándome un beso a guisa de despedida añadió:

—¡Seguramente! —y volvió a la alcoba.

Yo tuve que ingerir varios centilitros más del alcohol antes de encontrar el valor suficiente para volver a la cama... ¡Y al increíble mundo de los sueños!

Al día siguiente me desperté con un dolor de cabeza insoportable. Sentía como si tuviera atravesada una espada desde la frente hasta la nuca. Por mera costumbre eché un vistazo a mi reloj. Era más de la una y media de la tarde.

Sosteniéndome la cabeza con ambas manos —sólo para evitar dolorosos movimientos involuntarios— fui a la cocina y me tomé cuatro aspirinas.

Después busqué con la vista a Ana Laura. No estaba por ninguna parte. Me metí a la ducha y me bañé primero con agua hirviendo y fui gradualmente descendiendo la temperatura hasta que no soporté el agua helada y salí corriendo para la habitación.

Ahora, la espada había desaparecido, dando lugar a unos espantosos martillazos dentro de mi cerebro. Me vestí y no tuve fuerzas para nada, así que me recosté sobre la cama y cerré los ojos. Hubiera deseado no haber ingerido aquella cantidad de vodka la anoche anterior...

*…Ahora estaba en el sótano frente a una gran puerta de metal. Trataba de abrirla, pero era inútil.*

*Desesperado, con todas mis fuerzas, daba puntapiés a la hoja de metal.*

*Nada. Entonces me invadía un pánico atroz. No podía salir del maldito refugio.*

*En esto estaba cuando llegaron a mis oídos unos tétricos y lejanos gritos, de alguien que me llamaba por mi nombre, una y otra vez.*

*Era Ana Laura. Yo no acertaba a distinguir de dónde podían provenir esos gritos, sin embargo, los escuchaba con toda claridad…*

Cuando abrí los ojos, ya había oscurecido. De la terrible jaqueca original quedaba sólo un ligero dolorcillo en las sienes. Me levanté y, mientras encendía las luces, llamé a Ana Laura.

No respondió. Recorrí toda la casa, iluminándola por completo.

Nada. En la cocina no había siquiera platos ni vasos sucios. Todo estaba como lo había dejado al mediodía.

Salí corriendo de la casa para comprobar si se había llevado el auto.

No. El Volkswagen se encontraba en el mismo lugar en que lo había aparcado la víspera. Afuera hacía un frío de los mil demonios, así que volví a la casa y traté de tranquilizarme. Ella debía andar por allí.

Pero… ¿dónde? ¿Paseaba por el bosque en plena oscuridad? ¿Acaso se había ido caminando al pueblo? No era probable, eran más de dos kilómetros de distancia.

De pronto sentí un vacío enorme en el estómago y las mejillas se me encendieron.

Como en mi sueño, me estaba poseyendo la insoportable sensación del pánico.

Muy a mi pesar, me serví una bebida. Esta vez opté por el escocés. Aún tenía fresca la infernal jaqueca de aquella mañana.

¿Qué haría ahora? ¿Ir a buscarla al pueblo?

Al ver que yo dormía demasiado, ¿había decidido ir a hacer algunas pesquisas? ¿Sin el auto? ¿Sin dejar una nota?

Vacié el vaso de escocés de un trago y de inmediato me serví otro más. Estaba tratando de controlarme… inútilmente.

Volví a vaciar el vaso, me puse una chamarra y salí despedido hacia el automóvil. Iría al pueblo a buscarla; seguramente estaba allí. Tenía que estar allí.

Justo antes de subirme al coche, alcancé a escuchar —al igual que en mi sueño—uno tétricos gritos llamándome por mi nombre.

¿Estaba alucinando?

¿De dónde venían?

Busqué la linterna en la guantera y… no estaba. ¡Claro! Ana Laura la había utilizado para indagar en el desván.

Los gritos se hacían más espaciados, pero ahora los escuchaba claramente, venían de la parte posterior de la casa.

Encendí las luces del coche. No alumbraban gran cosa pero eran mejor que nada.

Torpemente, remonté la pequeña cuesta hacia el lugar de donde provenían los gritos.

Ahora sabía que no se trataba de alucinación alguna. ¡Ana Laura estaba en peligro!

La noche anterior había nevado y el suelo se encontraba inoportunamente resbaloso. Yo llevaba botas de ciudad, gracias a las cuales a cada dos pasos tenía que hacer malabares para no perder el equilibrio. Esto, junto a los gritos de mi bella chica, me hizo pensar que tal vez se trataba de otra pesadilla. Pero bien pronto comprobé que no estaba soñando, pues en uno de los resbalones me fui a tierra, estrellando la cara contra una piedra.

El dolor me quemó la mejilla derecha y se trasladó a mi cerebro convertido en auténticas estrellas. No hay peor golpe que aquel que se recibe en una temperatura helada. No obstante, me levanté como pude y traté de orientarme de nuevo.

Las luces del vehículo eran ahora sólo ligeros resplandores. Me encontraba exactamente detrás de la casa y ésta impedía el paso de la luz producida por los faros del Volkswagen. Las ventanas de la cocina, que daban al sitio donde me encontraba, tenían las cortinas corridas y sólo dejaban ver un ligerísimo resplandor que se escapaba por los marcos.

En un momento determinado, lo único que pude escuchar era el aullido del viento al deslizarse entre los árboles del espeso bosque.

¿Había sido esto?

¿Sólo un truco de la naturaleza?

De pronto, a unos metros de donde me encontraba, escuché claramente la voz de Ana Laura, seguida de un terco eco, el cual repetía mi nombre varias veces.

Me dirigí casi a tientas hasta el lugar de donde venían los sonidos.

Ahora escuchaba a mi diva a unos dos o tres metros de distancia, pero la voz sonaba lúgubre y desproporcionada, como si se hubiera colocado un tubo de cartón en la boca antes de gritar.

Más o menos acostumbrados mis ojos a la semipenumbra, distinguí una silueta con un arco encima… ¡el pozo!

Sudaba profusamente. Llevaba la mitad de la cara adormecida por el golpe. Palpé el borde del pozo y entonces escuché claramente la voz de Ana Laura, pidiendo auxilio desde el fondo.

—¿Ana Laura?

—Aquí… Abajo… —dijo en un lastimero lamento.

—¿Qué ocurrió? ¿Estás bien?

—Estoy echa una mierda y muerta de frío. ¡Sácame de aquí!

—Bien… ¡Tranquilízate! Déjame ir por la linterna…

—La linterna está aquí, se le acabaron las pilas.

La voz de Ana Laura sonaba cavernosa.

—¿Qué tan profundo está?

—Unos tres metros. ¡Apúrate! Estoy parada sobre agua congelada y esto es una maldita nevera.

Por más esfuerzos que hacía, no alcanzaba a verla en el fondo.

—Aguanta un poco más —le dije mientras me quitaba la chamarra y la arrojaba adentro—, ahí te va eso. No pierdas la calma. Voy a la casa por algo para sacarte.

—¡Date prisa!

Mi vista ya estaba más acostumbrada a la oscuridad y volví hacia la casa con precaución. No quería volver a resbalarme. Me dirigí primero a la puerta de la cocina que daba directamente al sitio donde me encontraba. No pude abrirla. Ahora recordaba perfectamente bien que tenía el cerrojo corrido por dentro.

Con excesiva precaución esta vez, me dirigí al sitio donde había algo de luz que provenía de los faros del coche.

Tuve mucha dificultad en llegar hasta la casa. Lo primero que hice fue correr las cortinas de las ventanas de la cocina que, aunque no iluminaban demasiado, era algo.

Después me puse desesperadamente a buscar con qué sacar a Ana Laura del lío en el que se había metido.

Aunque hubiera tenido una buena soga —la cual no tenía—
y consiguiera atarla firmemente al arco del pozo, no habría sido
fácil para las entumecidas manos de mi chica tomar la cuerda y
escalar las paredes; eso sólo sucede en las películas.

Por fin llegué a una solución. Fui hasta la trampa del desván
y bajé la escalera de madera que servía para ascender a él y traté
de desprenderla.

Imposible.

Entonces fui a buscar el hacha que se encontraba cerca del
coche y que utilizaba para cortar leña.

Después de varios hachazos —y con los dedos de las manos
adoloridos por los impactos en seco— la escalera cedió.

No era mucho, un par de metros, pero de algo serviría.

Salí esta vez por la puerta de la cocina y cargando la escalera
me dirigí con extrema precaución hasta el pozo.

—Aquí estoy, mi amor —dije, sintiéndome irremediablemente idiota.

—Luego recitas. Sácame de aquí —y después añadió, en un
tono más bajo—, ¡pendejo!

—Voy a bajar una escalera, cuidado, no te vaya a pegar en la
cabeza.

—Es lo único que me falta. ¡Bájala ya!

Hice descender la escalera con la parte cortada a hachazos
hacia abajo, pues los extremos irregulares servirían de apoyo en
un piso resbaloso como aquél.

Tuve que estirarme sobre el borde del pozo y aún así no sentía que el artefacto hiciera contacto con el piso.

—Trata de agarrarla, Ani. Pero con cuidado porque…

—¡Aayy!

—…Tiene astillas en el extremo.

Sentí que ella tomaba la escalera y después de unos segundos, vi en la oscuridad cómo aparecía su cabellera por el borde del pozo.

Sin cruzar palabra alguna, la ayudé a salir y nos dirigimos rápidamente a la casa.

La llevé a la habitación, la cubrí con el edredón y le serví un buen vaso de brandy. Ana Laura tiritaba incontenbilemente y tenía los labios en un tono entre morado y azul. La obligué a beber el brandy de golpe.

Mi primera idea había sido meterla en la ducha con agua hirviendo, pero eso indudablemente la habría matado o por lo menos le habría infartado infinidad de vasos sanguíneos. Así que preferí el riesgo de una pulmonía.

Bebió el brandy con dificultad y, al terminarlo, aspiró profundamente y empezó a toser. Bien. Esto la haría entrar en calor.

Alimenté la chimenea al máximo. Fui al baño y mojé una toalla con agua muy caliente, la exprimí y regresé con Ana Laura, desnudándola por completo. Tenía toda la piel en carne de gallina y tiritaba sin parar. Le froté todo el cuerpo fuertemente con la toalla caliente. No quise meterla en la cama, pues las sábanas estarían frías. Repetí la operación de la toalla varias veces. Ella se iba recuperando, ayudada además del calor que hacía en el cuarto gracias a la chimenea.

Cuando dejó de temblar y tiritar, se relajó visiblemente.

Le serví más brandy y ella lo tomó con gusto.

Saqué una pijama de franela la cual acerque a la chimenea lo más que pude. Cuando la prenda estuvo caliente, se la puse a Ana Laura, quien ya se encontraba mucho mejor.

Al terminar su tercer vaso de brandy, había recuperado el calor por completo y sus mejillas estaban sonrosadas.

La dejé sola unos minutos y fui a la cocina a preparar café.

Cuando estuvo listo, le llevé una taza.

Lo fue tomando a sorbitos, muy caliente. Al terminarlo, era otra persona.

Aunque la curiosidad me sacaba ronchas, no quise interrogarla en ese momento sobre cómo había llegado al fondo del condenado pozo. La arropé muy bien y volví a alimentar la chimenea. Le pregunté si deseaba algo más y dijo que no.

Le di un ligero beso en los labios y salí de la habitación, cerrando la puerta tras de mí. Alcancé a escuchar un lacónico ¡gracias!

Como había pasado todo el día durmiendo, lo menos que quería era irme a la cama, así que intenté escribir un poco. Las palabras aparecían en la pantalla del procesador como si se tratara de hormigas cruzando una pared. Cientos de ellas, pero no significaban absolutamente nada.

Después de media hora de escribir, borré el texto completo y me puse a dar vueltas por la sala.

Los acontecimientos de la noche me habían puesto los nervios de punta, pero al mismo tiempo me habían sacado del sopor en el que me encontraba; además, no cabía duda que había sido una experiencia diferente a cualquiera que hubiera vivido.

Nunca antes había rescatado a una bella princesa cautiva.


Cuando desperté me di cuenta que me había quedado dormido frente a la chimenea de la sala, la cual ahora brillaba en un tono negro rojizo. Toda la leña había desaparecido, dando lugar a brillantes cenizas y candentes trocitos de carbón.

Me levanté y la espalda me reclamó de inmediato la posición en la que había caído en los brazos de Morfeo. Volví a la habitación para ver si Ana Laura se encontraba bien.

La alcoba estaba bastante caliente, pero muy agradable. Ana Laura respiraba uniformemente y al tocarle la frente descubrí con alegría que no tenía fiebre. Eran las cinco de la mañana, así que me desvestí, arrojé un par de troncos grandes a la chimenea y me metí en la cama…

*…Bajaba hasta el fondo del pozo y Ana Laura no se encontraba allí. El piso era mera tierra seca y dentro hacía un calor insoportable.*

*Trataba de salir del pozo, pero no había forma, cada vez que subía un escalón, la improvisada escalera se sumía más y más en el fondo.*

*Por fin, parecía atascarse y permitir mi ascenso, pero al llegar al extremo de la escalinata —y a pesar de que estiraba los brazos lo más que podía— me encontraba a más de un metro del borde de mi objetivo.*

*Entonces, al mirar hacia el frente, observé que en la pared del pozo había un rectángulo perfectamente recortado. ¡La entrada a un pasadizo!*

*Trataba de empujarla, pero no cedía en absoluto. Saqué mi navaja del ejército suizo y la introducía por la hendidura que dibujaba el corte. Efectivamente, era una pieza aparte de la pared del foso, que medía unos sesenta centímetros por sesenta. Era la entrada al sótano, estaba seguro.*

*Emocionado, le gritaba a Ana Laura varias veces para que viniera a ver aquello, pero ella no contestaba a mi llamado. Yo insistía:*

—*¡Ana Lauraaaa…! ¡Ana Lauraaaa…!*

Al abrir los ojos, Ana Laura se encontraba muy cerca de mi cara, zarandeándome y repitiendo suavemente:

—¡Despierta! Estabas soñando… ¡Despierta…!

Mi visión se aclaró por completo. Ya era de día y ella estaba vestida con unos vaqueros y un suéter de pelo de camello. Lucía espléndida.

—¿Ya pasó? —preguntó maternalmente.

—Sí… creo que sí.

—¿Qué estabas soñando?

Al terminar de relatarle mi sueño, ella abrió la boca indicando absoluta sorpresa. Unos segundos después, dijo:

—La trampa existe. Tal y como la has descrito. Precisamente en eso estaba ayer, cuando perdí el equilibrio y caí al pozo.

Decidimos ir al pueblo y adquirir lo necesario para explorar la supuesta entrada al refugio.

En el trayecto le confesé a Ana Laura que las pesadillas que ella había tenido hacía dos noches, eran exactamente iguales a las mías.

Guardó silencio durante un buen rato y finalmente sentenció:

—Eso indica que allá abajo nos está esperando algo. Los sueños que tuvimos no son más que una vibración. Unas señales.

En el pueblo no había una ferretería propiamente dicha, sino una gran tienda a la usanza antigua, donde se podían encon-

trar desde unos caramelos hasta una moderna podadora a gaso-
lina.

Compramos tres linternas de gran potencia y pilas —muchas
pilas—; una escalera de aluminio de cuatro metros de longitud,
un pico, un soplete de gas, una pala, un mazo, un martillo, dos cin-
celes para piedra, un par de botas para nieve para Ana Laura y otro
para mí.

Ana Laura pagó todo con su tarjeta de crédito. Yo prometí
reembolsarle el dinero cuando publicaran los cuentos en los
que había estado trabajando, pero ella hizo un gesto indicando
que no tenía importancia. Según parecía, estaba completamente
convencida de que en el refugio de aquella casa encontraríamos
lo suficiente para aquellos gastos y muchos más.

Pusimos nuestro cargamento en el automóvil y como pu-
dimos amarramos la escalera al techo. Después regresamos a la
casa.

En el auto le pregunté a Ana Laura:

—¿Cómo te sientes?

—Tengo comezón en el estómago.

No hizo falta que explicara a que se refería. Yo sentía exactamente lo mismo.

Después de ponernos nuestras relucientes botas para la
nieve, lo primero que hicimos fue echar una ojeada al pozo.

Visto desde el borde —y aún a la luz del día— no se apreciaba con claridad el recorte en la pared; hacía falta fijarse muy
bien para adivinarlo, más que verlo. La antigua escalera del desván parecía como algo muerto en el interior del pozo.

Transportamos la escalera de aluminio y el resto de nuestro
equipo hasta el borde y nos pusimos a trabajar.

Calentamos los pies de la escalera al rojo vivo con el soplete y la bajamos. Un siseo y una columnita de vapor se levantaron al hacer contacto con el agua congelada del fondo; presionamos y la escalera se clavó aún más. Parecía segura, así que descendí y levanté la escalera de madera de la noche anterior. Ana Laura la tomó en vilo y la sacó del pozo. Luego echó dentro el resto de nuestras adquisiciones y ella misma bajó. El sol estaba en todo lo alto, así que no tuvimos que utilizar luz artificial durante las horas siguientes.

Al igual que en mi sueño, subí por la escalera y quedé a nivel de la supuesta trampa. Con mi navaja comprobé que existía una separación entre el cóncavo rectángulo y el resto de la pared, si bien ésta se encontraba atascada de tierra.

Ana Laura me presionaba un par de metros más abajo:

—¿Qué ves?, ¿se mueve?

—No todavía, pásame el mazo.

Le di varios mazazos en seco y si bien no se movió ni un ápice, sí se alcanzó a escuchar que había un hueco más allá de la trampa.

—Déjame tratar a mí —ordenó Ana Laura, desesperada.

Bajé la escalera y encendí un cigarrillo mientras ella trepaba velozmente con el mazo en la mano y daba locos golpes sobre el rectángulo de piedra.

Después de varios minutos y empapada en sudor, descendió otra vez, completamente decepcionada.

—Podemos picar la piedra —sugerí.

—¿Con una mano? Imposible, el pico debe pesar diez kilos, por lo menos.

Volví a subir, esta vez sin herramienta alguna. Si en verdad se trataba de una trampa, debía existir alguna forma de abrirla. No era probable que Bernabeu se hubiera tomado tanto trabajo para nada.

—Pásame el martillo.

Fui golpeando todas las piedras, grandes y pequeñas, una a una alrededor del rectángulo.

Nada.

Volví a bajar y Ana Laura trepó de nuevo; presionó piedra por piedra una y otra vez, sin resultado alguno.

Media hora después, ambos muy fatigados y deprimidos, salimos del pozo.

Ya en casa, nos tomamos un par de cervezas. Ana Laura se paseaba frente a la chimenea, con la lata de Heineken en la mano y la mirada clavada en el piso. Yo me dedicaba a observarla. Era una venus, no cabía duda.

Entonces se paró en seco y dijo:

—Vamos a ver. Seamos lógicos. Si tú fueras Bernabeu, ¿dónde pondrías el botón, gancho o lo que sea que pudiera abrir la maldita trampa?

Hice un gesto de impotencia con las manos y comenté estúpidamente:

—No sé.

—¡Piénsalo! —ordenó.

Vació lo que quedaba de su cerveza y empezó a estrujar la lata en sus manos. Luego pontificó, con la mirada perdida:

—Si se trata de la entrada a un refugio —noté que por primera vez Ana Laura ponía en duda el hecho—, entonces el impulsor tiene que estar en un sitio fácil de alcanzar y a la vez bien disimulado —hizo una pausa y agregó:

—Hemos estado perdiendo el tiempo miserablemente.

—¿Por qué? —pregunté sólo por decir algo.

—Imagínate al paranoico de Bernabeu dentro del pozo con un mazo ridículo. Si en verdad quería un refugio, debía tener acceso a él en segundos. ¡Vamos al pozo!

Sin decir más, salió corriendo de la casa, y yo detrás de ella.

Llegamos de nuevo al borde del pozo y Ana Laura trepó felinamente a él, sujetándose después del arco de piedra. Palpó casi la mitad del arco por todos lados y bajó del borde, sólo para volver a subir a él por el otro lado, repitiendo la exploración con sus finas manos. De pronto, hizo un gesto combinación exacta de sorpresa y satisfacción. La cara se le encendió y exclamó:

—¡Aquí hay algo…!

Me acerqué a ver de qué se trataba. En la parte interior del arco había una pequeña separación entre dos piedras. No era gran cosa, con trabajos daba cabida a los dedos de Ana Laura.

Ella hurgó unos instantes en el agujero y de pronto se escuchó un clarísimo ¡clic!, seguido por el arenoso sonido del roce de piedra contra piedra.

Ambos nos asomamos al sitio donde la escotilla se arrastraba pesadamente. Allí estaba, claramente dibujada, la negra entrada a un túnel.

Ana Laura casi pierde el equilibrio al borde del foso, de pura alegría.

—¡Lo logramos! ¡Lo logramos! ¿Ves? Te dije que lo conseguiríamos. ¿Qué te parece?

—Vamos a ver —dije con precaución.

Subí la escalera y llegué a la recién abierta entrada. Efectivamente era un túnel. Más oscuro que la cueva de un oso e igualmente perturbador. Pero allí estaba.

—¿Qué hay?

—Un túnel.

—Déjame verlo —dijo, dirigiéndose a la escalera y obligándome a descender.

—Pásame una linterna.

Acto seguido, le pasé la linterna y en una fracción de segundo la bella mujer ya tenía la mitad del cuerpo dentro del agujero. Entonces escuché su voz, completamente cavernosa, ordenando:

—¡Sígueme!

Si hubiera tenido el tiempo suficiente para hacerla entrar en razón, mi idea habría sido discutir las posibilidades de cómo entrar allí debidamente equipados. Al final de cuentas era un maldito agujero y encontraríamos las cosas normales de los agujeros: ratas, arañas, tal vez una víbora, en fin, lindezas como aquellas. Pero no. La actitud de Ana Laura exigía acción, así que tres minutos después me encontraba gateando en el estrecho pasadizo, alumbrándole el trasero a Ana Laura, quien avanzaba sin titubear.

Sin embargo, se me ocurrió que tal vez Bernabeu no hubiera dejado la entrada a su refugio tan al alcance de la mano —de cualquier mano. En aquel estrecho túnel podía existir un sinfín de artificios para detener al enemigo.

Entonces me invadió la paranoia y traté de comunicárselo a mi pareja, pero ella ni siquiera se detuvo a escucharme; sólo dijo en seco:

—Cállate y sígueme.

Así lo hice.

Cuando habíamos avanzado más o menos diez metros, el túnel se acabó. Habíamos llegado a una parte más espaciosa que el pasadizo, como de un metro y medio cúbico. El único camino posible consistía en una tapa de madera, más o menos del tamaño del túnel por el cual habíamos llegado hasta allí.

Había una agarradera y Ana Laura trató de levantarla, pero estaba muy pesada. Yo tomé el asa, tirando con toda mi fuerza y la tapa se abrió con un sonoro rechinar.

Ana Laura alumbró el agujero y de inmediato inició el descenso a través de él.

—¡Ana Laura! —grité— ¡Espera! No sabes lo que vas a encontrar allá abajo.

Ella no se molestó en contestarme y terminó de introducirse.

Yo permanecí —cobardemente— en la entrada del nuevo túnel, sin atreverme a bajar. Sólo acerté a preguntarle a Ana Laura.

—¿Qué hay?

—Otro túnel.

Entonces bajé, con Ana Laura al frente —como siempre— y seguimos avanzando no más de unos tres metros. Llegamos a otro espacio mucho mayor que el anterior y encontramos una puerta como de un metro setenta de alto. La puerta era nada menos que de metal, exactamente igual a la de mi sueño.

Aparté a un lado a Ana Laura para tratar de abrir la puerta la cual golpeé fuertemente con el mazo. El sonido se intensificó y rebotó en el túnel en forma de eco, pero la maldita puerta no cedía. Hice en vano varios esfuerzos por abrirla; habría que romperla, lo cual resultaría casi imposible con el mazo. Acordamos salir nuevamente a la superficie —a la limpia superficie— para decidir qué hacer a continuación.

Algo me había llamado la atención en el interior de los túneles, pero no acertaba a adivinar de qué se trataba. Sin embargo, una vez fuera, sabía perfectamente lo que era. No habíamos encontrado telarañas a nuestro paso, mucho menos ratas o

ratones, lo cual indicaba que la trampa y los túneles, que habíamos abierto en el pozo, estaban completamente sellados.

Ya era un poco tarde para ir al pueblo a buscar herramientas
más adecuadas para derribar la puerta. Así que nos desvestimos
y nos dedicamos el resto de la tarde a hacer el amor por toda
la casa.

Nos encontrábamos de excelente humor, pues habíamos
logrado nuestro propósito. Al día siguiente, de una u otra forma,
derribaríamos la puerta y descubriríamos los secretos —y posibles tesoros— del paranoico Bernabeu.

Al día siguiente salimos después de las diez de la mañana y,
una vez más, nos dirigimos al pueblo. Estábamos sumamente
nerviosos y entusiasmados. Seguramente así se sentían los nomi-
nados para un Óscar la noche de la víspera.

El almacén general se encontraba casi desierto.

A pesar de que éramos los primeros clientes del día, el dependiente nos recibió sin entusiasmo.

—Necesitamos una sierra eléctrica, cien metros de cable
con conector y clavija en los extremos, un taladro, seguetas y
brocas para metal.

El tipo nos observó durante unos segundos como si le
hubiéramos ordenado una pizza de anchoas, en vez de las mer-
cancías que diariamente manejaba.

Sin hacer comentarios, se movió lentamente por todo el
almacén hasta que había reunido aquello que le habíamos soli-
citado.

Una vez más, Ana Laura liquidó la cuenta con su *American
Express.* Nunca antes la había visto tan feliz al momento de fir-
mar un pagaré. Eso indicaba el estado de ánimo que la embargaba —que nos embargaba a ambos.

Durante el regreso no hablamos acerca de nada.

Al llegar a nuestro destino, bajamos las cosas del coche y nos metimos un momento a la casa para entrar en calor y darnos ánimos para finiquitar la tarea que voluntariamente nos habíamos impuesto.

Ana Laura encendió un cigarrillo y aspiró el humo profundamente; se levantó y fue a la cocina. Al regresar traía consigo la botella de vodka y dos vasos. Volvió a instalarse en el sillón y dijo:

—Prepárate. Es probable que nos encontremos envueltos en la aventura más extraordinaria de nuestras vidas.

Sirvió dos vasos y brindamos solemnemente.

Al terminar el trago, conectamos un extremo del cable a un contacto de la cocina y salimos nuevamente al frío y al encuentro con el destino.

De nueva cuenta y ayudados por las linternas, nos introdujimos al pozo y posteriormente al túnel. A medida que avanzábamos y desenrollábamos el cable, me imaginaba todo tipo de cosas. Desde un enorme tesoro en monedas de oro y plata hasta la existencia de una gran rata de decenas de kilos, o una descomunal araña. El sitio no se prestaba para pensar en otra cosa.

En un momento determinado, estuve a punto de sugerirle a mi chica que olvidáramos todo el asunto y saliéramos de allí, pero no deseaba quedar como un gallina.

Al final del segundo túnel, frente a la puerta de metal —la puerta de mi sueño— eché a andar el taladro y perforé el metal con cierta facilidad. Al retirar la broca del orificio, sentí algo realmente desconcertante, una pequeña corriente de aire circulaba hacia el interior del refugio. El hecho me recordó lo que ocurre al abrir una lata de conservas al vacío. Después abrí un par de agujeros más, mientras Ana Laura, ayudada por una linterna, enfocaba el sitio de trabajo con pulso firme.

Cuando hubo suficiente espacio para meter la sierra, el túnel empezó a inundarse de un aroma nauseabundo.

—Huele a muerte —sentenció Ana Laura.

En circunstancias distintas, el comentario no hubiera sido más que un simple amasijo de palabras. Sin embargo, pronunciadas a varios metros bajo tierra, produciendo lúgubres ecos, hizo que toda mi piel se erizara y un feo escalofrío se me incrustó tras las orejas.

Vacilé por un momento. Pero Ana Laura me urgió:

—Date prisa, no pienso pasar aquí todo el día.

Introduje la sierra por los orificios que había hecho en la hoja de metal y la puse en marcha.

Si el taladro había producido un ruido descomunal en el interior del túnel, no era nada comparado con esto. El metal cedía fácilmente, pero la vibración y el ruido llegaban a niveles insoportables. Cuando hube cortado unos setenta centímetros de la puerta, me detuve. Las manos me sudaban exageradamente y se había apropiado de ellas un temblor incontrolable.

Ana Laura tomó mi lugar y la sierra, ordenando:

—¡Alúmbrame!

Así lo hice, tratando de controlar mis temblorosas manos.

La hermosa chica tenía la mejor disposición, pero no la fuerza suficiente para una labor como aquella, así que quince o veinte centímetros después, se encontraba sudando y paró la sierra.

El aire se había enrarecido sobremanera y el oxígeno había empezado a escasear. Le sugerí a Ana Laura que saliéramos a respirar aire fresco, pero ella se negó. Me dio la sierra y dijo:

—Sigamos, ya falta poco.

Como se trataba de cortar un rectángulo, no faltaba poco, sino más de la mitad del trabajo. Sin embargo, continué.

Ahora el olor a muerte había invadido por completo el túnel y el estómago me picaba con intermitentes náuseas. Además, debido al ruido, mi cabeza había parido una espantosa jaqueca.

Por fin, —cuando pensaba que estaba a punto de vomitar— la hoja cedió con un chirrido.

De un puntapié rompí la última resistencia del metal, el cual cayó dentro del supuesto refugio.

No obstante haber deseado aquel momento durante tantos días, nos quedamos allí parados. Ninguno de los dos hizo movimiento alguno para entrar durante varios segundos. Por fin, Ana Laura tomó la iniciativa e iluminó el interior.

—No lo vas a creer —dijo, francamente sorprendida.

—¿Qué hay?

—Asómate, sencillamente no vas a dar crédito a tus ojos —y diciendo esto se introdujo por el agujero de la puerta.

Lo que vi me dejó con la boca abierta.

Nos encontrábamos en un sótano exactamente igual al de la pesadilla que ambos habíamos tenido la noche del día que empezamos con la búsqueda.

Sin embargo, aquella no sería la única sorpresa del día.

El aire en el interior del refugio era definitivamente insoportable. Parecía que habíamos abierto una tumba. Y, sin desearlo, eso era exactamente lo que habíamos hecho.

No necesitamos de mucho tiempo para percatarnos de nuestro macabro hallazgo.

El sótano tenía las mismas características que en nuestro sueño. Los costales con piñones, nueces y almendras se encontraban allí, al igual que las cajas de pescado seco, galletas y una gran cantidad de frascos con conservas.

Pero algo que no había aparecido en el sueño y aquí sí estaba presente era nada menos que dos cadáveres, como momificados; uno junto al otro sobre el piso.

Nos quedamos observando aquellos restos humanos como si estuviéramos hipnotizados.

No obstante el fétido olor en el ambiente, la falta de aire y la horrible escena, Ana Laura guardó una compostura envidiable.

—¿Qué hacemos ahora? —pregunté, tratando de aspirar la menor cantidad posible de aquel aire.

Ana Laura llevaba la mano ahuecada, cubriéndose la nariz y la boca.

Cuando respondió a mi pregunta, su voz sonaba *ad hoc* con el escenario. Parecía una voz de ultratumba.

—Vámonos de aquí.


Salimos por los túneles a una velocidad tal que parecía que los dos cadáveres nos vinieran persiguiendo.

Nunca agradecí tanto ver la luz del sol como aquel día.

Una vez fuera, respiramos profundamente durante varios minutos, antes de articular palabra alguna.

Finalmente, fue Ana Laura la que habló:

—¡A la casa!


En una especie de desinfección, lo primero que hicimos fue tomar una ducha. Lo segundo —desde luego—, unos tragos de vodka frente a la chimenea de la sala.

Fui yo quien rompió el silencio:

—¿Qué sugieres que hagamos?

Ana Laura permaneció callada un par de minutos, antes de responder:

—Básicamente, hay que decidir entre dos cosas: si llamamos a la policía, la compañía inmobiliaria puede acusarnos de daños en propiedad ajena. El contrato dice claramente que no podemos hacer ninguna reforma a la casa sin autorización —por escrito— de la arrendadora. Además, cualquier cosa de valor que encontremos será automáticamente propiedad de la compañía. Todo nuestro esfuerzo habría sido inútil o —peor aún— tendríamos que pagar una indemnización por los daños ocasionados al maldito refugio.

La otra opción es: buscar lo que haya de valor, salir de allí, cerrar la trampa del pozo y listo. Aquí no ha pasado nada.


La idea de bajar de nuevo a la improvisada tumba logró que se me hiciera un feo nudo en el estómago. Pero había algo más: nunca había imaginado que Ana Laura sería tan ambiciosa como para aventurarse otra vez al macabro refugio.

Ella pareció adivinar mis pensamientos y observó:

—Los cadáveres de allá abajo deben ser los de Bernabeu y su esposa y llevan allí por lo menos un siglo. No creo que se incomoden si buscamos una pequeña recompensa por nuestros esfuerzos, ¿verdad?

—Tienes razón. Pero no creo que pueda soportar esa peste durante mucho tiempo.

—Te diré que haremos: mañana vamos al pueblo y compramos un par de mascarillas de esas que utilizan los pintores y los carpinteros; con ellas, todo será más llevadero. ¡Ya lo verás!

Se puso de pie y me tomó de la mano. Mientras me guiaba a la alcoba dijo, melosamente:

—Mientras tanto, dejemos que el tiempo se deslice de la mejor manera posible.

Una vez en la habitación, se desnudó por completo y se metió en la cama, haciendo una coqueta señal para que la alcanzara.

Nos quedamos dormidos gracias al cansancio logrado con el rompimiento de la puerta del refugio y la actividad sexual desenfrenada.

Nunca antes me había gustado tanto su cuerpo y sus caricias. Parecía un condenado cumpliendo el último de sus deseos.

A la mañana siguiente, llegamos temprano a la tienda del pueblo y adquirimos las mascarillas. Una vez más, el dependiente nos miró con suspicacia. Parecía estarse imaginando qué era lo que estábamos haciendo en y con la casa de Bernabeu. El tipo no me gustó nada.

Regresamos de inmediato a la casa y pusimos manos a la obra.

Dentro del refugio, el aire pútrido se había disipado y sólo quedaba un cierto aroma como a rata muerta.

Con las mascarillas protegiéndonos, trabajábamos a intervalos. Después de buscar durante un rato, salimos de nuevo a tomar aire fresco. De hecho, no sabíamos exactamente lo que estábamos buscando. Como los cadáveres se encontraban cerca de la puerta e interrumpían el tránsito, decidí moverlos, conteniendo con dificultad el asco.

El que supuse había sido en vida Bernabeu, se desgarró como si fuera de cartón y me quedé con un hueso grande en la mano.

Ayudado de una pala, removí el de su acompañante, el cual también se desmoronó al contacto con el utensilio. Apilé en un rincón los restos de ambos y los cubrí con una cobija.

Después de esto, volví a salir a tomar aire. Ana Laura me siguió.

Hacía un día particularmente frío; sin embargo, en el refugio se sentía una temperatura agradable.

Después de la tercera incursión por los odiosos túneles, Ana Laura hizo un descubrimiento.

Al desgarrarse accidentalmente el costal que contenía piñones, nos percatamos que casi la mitad se encontraba llena nada menos que de monedas de oro puro. De inmediato Ana Laura desgarró los otros dos costales y encontramos lo mismo. Era una auténtica fortuna. Mi bella acompañante empezó e emitir gritos histéricos de alegría, los cuales en el interior del refugio y a través de las máscara antigases sonaban macabramente. Después de un par de minutos nos echamos algunas monedas en los bolsillos y volvimos a salir.

Esta vez, Ana Laura sugirió que volviéramos a la casa, ya que estaba bien entrada la tarde y había que planear la forma más fácil de sacar nuestro tesoro.

Después de tomar un largo baño en tina, nos instalamos frente a la chimenea avituallados con emparedados y una botella de vino blanco.

Ana Laura estaba eufórica y no paraba de exclamar:

—Te lo dije. Te lo dije, ¿o no? ¿Sabes cuántas monedas hay allá abajo? Debe haber por lo menos mil o dos mil y son enormes —dijo, mientras admiraba una de las piezas, la cual lucía muy grande.

Suspiró con alegría y continuó:

—Tenemos que sacarlas y largarnos de aquí lo más pronto posible.

Estuve de acuerdo.

Si bien el descubrimiento del tesoro me había puesto de muy buen humor, no me agradaba en lo más mínimo estar bajando constantemente al refugio. De alguna manera, sentía que me encontraba ultrajando una tumba.

La temperatura había descendido considerablemente y nos encontrábamos agotados, así que nos fuimos a dormir de inmediato.

Justo antes de perderme en el sueño, alcancé a escuchar la alegre voz de mi amada:

—Te lo dije. ¡Carajo! Te lo dije…

*Había nevado toda la noche y al día siguiente nos costaba un gran esfuerzo llegar hasta el pozo. En el fondo de éste, resaltaba una mancha negra. Se trataba de un pájaro muerto. Un cuervo. Ana Laura no le prestaba mayor atención e iniciamos la tarea como de costumbre sólo que esta vez los túneles se encontraban aún más resbaladizos e inhóspitos. Después del tercer viaje y cuando estábamos a punto de concluir el trabajo por completo, sentí una presencia a mi espalda. No podía ser Ana Laura, pues ella se encontraba realizando la misma faena, a un par de metros de mí. Me volví espantado y todo el rostro se me puso en carne de gallina cuando vi a Bernabeu parado justo a la puerta del refugio.*

*Apenas pude emitir unos graznidos de terror:*

*—¡¡¡Ana Laura!!!…*

Me desperté tiritando y empapado en sudor. Ana Laura me observaba atentamente, como si se tratara de un demente. Su rostro reflejaba miedo.

—¿Qué te sucede?

—Nada. Tuve una pesadilla. Eso es todo.

La bella rubia salió de la habitación y volvió con un par de vasos y la botella de vodka.

Sin decir palabra alguna, llenó ambos vasos casi a tope y de un solo trago consumió la mitad del suyo. Yo hice lo propio.

—¿Qué soñaste?

—Una tontería —aseguré, ahora que ya había vuelto por completo a la realidad y me sentía seguro de mí mismo:

—¿Qué soñaste? —insistió.

Le relaté el contenido de la pesadilla y vació de un trago lo que quedaba del vodka en su vaso. Después de tomar aire profundamente, exclamó:

—¡No puede ser! Acabo de soñar lo mismo. Tu grito diciendo mi nombre me despertó, justo cuando me volvía en el sueño hacia la puerta del refugio.

Como no encontré nada coherente que decir, vacié yo también el contenido de mi vaso.

Ya casi amanecía, así que ni siquiera intentamos volver a dormir.

Muchas ideas chocaban en mi cerebro e, indudablemente, en el de Ana Laura. Hasta ahora, los sueños que habíamos tenido estaban íntimamente ligados con la realidad. El refugio era exactamente igual al que habíamos soñado y al acceso a éste a través del pozo coincidía de igual forma.

Ana Laura no había hecho comentario alguno y ya se encontraba preparando el desayuno.

—¿Qué opinas del sueño? —pregunté.

—Telepatía. Llevamos mucho tiempo juntos y aislados del resto del mundo. No es raro que nos comuniquemos mentalmente.

—De acuerdo —admití— pero hasta ahora los sueños coinciden con la realidad.

—¡Por favor!, Javier. Bernabeu debe haber muerto hace un siglo. ¿No pensarás que va a presentarse a reclamar su dinero, verdad?

—Puede haber sido una premonición.

—Premonición o no —sentenció la esbelta diva—, vamos a sacar todas las malditas monedas. Así que apresurémonos para que sea lo más pronto posible.

Después del desayuno, nos dirigimos una vez más al pozo. El día estaba bastante frío, pero descubrí con alivio que no había nevado durante la noche.

Pusimos manos a la obra ayudados de dos pequeños maletines. Los primeros viajes al refugio resultaron relativamente sencillos, pero a medida que repetíamos la operación, aumentaba la fatiga pues los túneles se iban humedeciendo con nuestra respiración, dificultando la tarea cada vez más. Hacia las doce del día, apenas habíamos logrado vaciar uno de los costales y estábamos completamente exhaustos. Ni siquiera el brillo del oro nos podía motivar a seguir adelante, así que transportamos las monedas al Volkswagen y las guardamos en el portaequipaje. Esta operación la realizamos a duras penas pues la nieve estaba muy resbalosa. Concluido el trabajo, volvimos a la casa y tomamos un largo baño. Devoramos grandes cantidades de pavo ahumado y nos echamos frente a la chimenea. Fue poco lo que hablamos, debido en parte al cansancio y en parte a que de alguna manera, todo el asunto del refugio nos había distanciado.

Aunque Ana Laura no lo dijera, yo notaba que ella me consideraba menos hombre que antes. Yo, por mi parte, había descubierto que la mujer desinteresada y bohemia se había convertido en una ambiciosa, capaz de cualquier cosa con tal de poseer aquella riqueza.

—¿En qué piensas? —preguntó.

—En nosotros. Parece que todo este asunto ha dañado la estupenda relación que teníamos.

Ella guardó silencio un par de minutos y finalmente dijo:

—No creo que tenga nada que ver una cosa con la otra. Simplemente las relaciones van cambiando y la nuestra no es una excepción.

Sin decir más, me tomó de la mano y me llevó hasta la habitación donde hicimos el amor furiosamente.

Por fortuna, aquella noche no hubo sueños.

Nos despertamos bien entrada la mañana y prácticamente repetimos la tarea del día anterior. El haber hecho el amor la víspera no sólo no había contribuido a acercarnos, sino que en cierta forma nos había distanciado aún más.

Me había imaginado que la mujer sólo estaba tratando de complacerme sexualmente, sin el cariño que había existido alguna vez entre nosotros; más bien como una manera de mantenernos juntos en nuestra misión de rescatar el dinero.

Esto la convertiría a mis ojos en nada más que una puta. Muy bella, pero puta al fin. Y —lo peor de todo— cuando nos encontrábamos en la apoteosis del acto sexual, me excitó muchísimo el hecho de considerarla eso exactamente, una meretriz.

¿Cómo podía cambiar tanto una pareja en tan poco tiempo?

Esta vez dimos por concluido nuestro trabajo a las cinco de la tarde. Volvimos a llevar las monedas al Volkswagen y regresamos a la casa. Después del rito acostumbrado del baño y comida nos dedicamos a acariciarnos frente a la chimenea, en un preámbulo de la noche sexual que nos esperaba. Ambos estábamos terriblemente excitados.

Una vez en la cama, al contemplar el hermoso cuerpo apiñonado, me asaltó nuevamente la fantasía de que era una bella prostituta.

Esta vez hicimos el amor salvajemente. Yo trataba de poseerla con rudeza, como si estuviera pagando por su cuerpo y, lo peor de todo, era que ella respondía de igual manera. Era sexo sin amor. Sexo animal.

Pocos minutos después de terminar con lo nuestro, Ana Laura se quedó profundamente dormida. Yo no podía conciliar el sueño. Me sentía mal conmigo mismo. No podía aceptar que unas monedas de oro hubieran destruido mi verdadero tesoro que era aquella mujer.

Fui hasta la cocina y me serví un vaso de vodka y luego otro y otro más.

Le daba vueltas y vueltas en la cabeza al asunto. Tal vez incluso Ana Laura podía cambiar tanto que sería capaz de abandonarme una vez que volviéramos a la ciudad. O peor aún, su ambición podía llegar más lejos. ¿Para que dividir entre dos? Una vez que las monedas estuvieran en el Volkswagen, ¿qué le impediría deshacerse de mí?

¿Sería capaz de algo así? ¿Era ese el significado de nuestro último sueño? ¿Nuestra última premonición?

Volví a la habitación y me llevó algún tiempo quedarme dormido.

Nos despertamos bastante tarde, pues el cielo se encontraba muy oscuro. Cuando fui a la cocina a preparar café, pude darme cuenta de que había nevado toda la noche.

Nos costó gran trabajo llegar hasta el pozo y al asomarme a él, la sangre se me heló por completo. En el fondo había una mancha negra. Descendí envuelto en frenesí y pude comprobar de qué se trataba: un cuervo muerto.

Ana Laura ya se encontraba con medio cuerpo dentro del túnel cuando le grite:

—Espera un momento.

—¿Qué ocurre?

—¿Cómo qué? ¿No estás viendo lo mismo que yo? Nevó toda la noche, como en el sueño. Un pájaro muerto en el fondo del pozo. ¡Un cuervo!

—¿Y qué? ¿No empezarás a tenerle miedo a un fantasma, verdad?

—No, pero…

—Si no quieres entrar, no lo hagas. Espérame en la casa. Yo estoy harta de tu falta de hombría.

Diciendo esto se introdujo en el túnel.

Volví a la casa y me guardé un afilado cuchillo entre las ropas. Fuera lo que fuese la maldita premonición, no iba a pillarme desarmado.

Esta vez los túneles se encontraban aún más resbaladizos y de alguna manera el olor a muerte se había acentuado, traspasando la máscara antigases.

Sin dirigirnos la palabra, hicimos varios viajes. Cuando concluíamos la recolección de las monedas, me llevé instintivamente la mano hasta el cuchillo. Al darnos vuelta para salir del refugio, allí estaba, tal y como en el sueño.

Sólo que no se trataba de un fantasma, sino del empleado de la tienda donde habíamos comprado el equipo para el rescate del tesoro.

En una mano llevaba una potente linterna y en la otra una gran pistola.

—¿Por fin lo lograron? Las ratas de la ciudad son diferentes a las del campo, por lo que veo. Muy bien, ahora veamos lo que encontraron.

—Lo que hayamos encontrado no le incumbe —dijo Ana Laura, airada.

Por toda respuesta, el tipo disparó el arma al techo del refugio. El balazo sonó como un cañonazo en el interior del pequeño recinto.

Entonces mi acompañante abrió el maletín que acababa de llenar de monedas.

El haz de la potente linterna alumbró el dorado contenido.

—¡Demonios! —exclamó—. El maldito Bernabeu tenía su dinerito, ¿no es cierto?

—Sí, es cierto —volvió a hablar Ana Laura, esta vez con más suavidad—, pero hay suficiente para todos. Tome usted este maletín y nosotros el otro y asunto concluido.

—Definitivamente las ratas de ciudad son distintas. ¿Por qué habría de compartir algo con ustedes? Puedo llevármelo todo.

—Entonces, lléveselo todo y déjenos en paz.

—En paz los voy a dejar, desde luego. No tengo opción. Ustedes comprenderán que no puedo dejarlos vivos. No me permitirían disfrutar de mi fortuna.

Diciendo esto, el energúmeno apuntó su arma a mi cabeza.

—¡Espere! —gritó Laura—. Éste no es todo el oro.

—¡No me diga!

El tipo volvió la linterna y enfocó directamente la cara de Ana Laura. Entonces yo saqué el cuchillo y en un arranque de rabia, degollé limpiamente al agresor.

Más muerto que vivo, alcanzó a disparar al éter un par de veces, pero sin hacer blanco alguno. Después se desplomó hacia delante fabricando con su linterna un macabro juego de luces.

Todavía temblaba cuando Ana Laura se inclinó sobre él.

—Está muerto —dijo con una frialdad increíble y recogiendo su maletín con las monedas concluyó—: ¡Salgamos de aquí!

Para mí eso ya era demasiado. Acababa de cometer un homicidio y mi compañera tomaba las cosas como si hubiéramos matado una simple araña. No obstante, como hipnotizado, tomé mi maletín y la seguí a través de los túneles.

Afuera había empezado a nevar nuevamente; sin embargo, logramos hacer nuestro último acarreo hasta el automóvil.

De vuelta a la casa, me sentí completamente entumecido —y no precisamente por el frío. Ana Laura sirvió un par de vasos de brandy y los bebimos en silencio.

Por fin, ella habló:

—¿Cómo te sientes?

Curiosamente, me sentía como si todo lo estuviera contemplando en un escenario. El asunto me parecía por completo irreal; como si se tratara de una larga pesadilla, de la cual despertaría en cualquier momento.

Me abstuve de contestar y en cambio pregunté:

—¿Qué vamos a hacer ahora?

—Lo más sencillo: volveremos a cerrar la entrada del refugio y dejaremos todo tal y como lo encontramos.

—¿Quieres decir que no daremos aviso a la policía?

—¡Por supuesto que no! Nadie conoce el refugio, así que nadie irá a buscar al tipejo ese allí. Esperaremos unos días para que no nos relacionen con su desaparición y luego nos marcharemos.

Definitivamente aquella no era la mujer sensible y humana que había llegado junto conmigo a la maldita casa unos días atrás. Gracias a Bernabeu, Ana Laura se había convertido en una arpía.

Sin embargo, pensándolo bien, el tipo aquel se había ganado el castigo. Él nos había agredido y hasta me había apuntado con su arma, seguramente para dispararme.

Si notificábamos a la policía, yo sería acusado de homicidio y Ana Laura de ser mi cómplice. Desde luego que perderíamos el dinero y la libertad. En un pueblo como aquél, seguramente nos condenarían. Me bastaba pensar en un jurado compuesto por gente como la antipática bibliotecaria para imaginarme el veredicto.

No había otra salida. Ana Laura tenía razón. Lo mejor era dejar pasar unos días y poner pies en polvorosa.

Entonces me asaltó un pensamiento paranoico: ¿Estaría completamente muerto mi asaltante?

Haciendo acopio de carácter, decidí bajar a comprobarlo

—¿Adónde vas?

—Al refugio. Quiero ver si el tipo está muerto.

—No es necesario. Yo…

Sin dejarla terminar, salí de la casa y me dirigí al pozo.

En esta ocasión los túneles tenían un aroma de muerte fresca. Al llegar al refugio comprobé con alivio que mi víctima estaba muerta. Un enorme charco de sangre se había formado alrededor de su cabeza.

Ya iba a salir cuando capturó mi atención la fotografía de Bernabeu y su presunta esposa. Por alguna razón, me la llevé conmigo.

Al salir del primer túnel, coloqué en su sitio la trampa de madera y, una vez en el exterior, cerré la que daba al pozo. Quité la escalera de aluminio y la llevé a la casa.

El resto de la tarde y parte de la noche los pasé embriagándome, tratando de olvidar la espantosa sensación de cortarle la garganta a alguien.

A la mañana siguiente fuimos nuevamente al pueblo y entramos en la tienda. Un hombre de edad avanzada se encontraba detrás del mostrador. Compramos lo necesario para reparar la escalera del desván y sellar la entrada a éste nuevamente.

Todo el pueblo seguía igual, a excepción de la ausencia del empleado del almacén.

Ana Laura liquidó la cuenta y volvimos a la casa.

El Volkswagen aunque se notaba bastante más pesado, remontó las empinadas cuestas.

Al ir transcurriendo los días, la imagen del asesinato se fue diluyendo en mi memoria. No obstante, lo que se convirtió en una obsesión era el hecho de que Bernabeu y su mujer hubieran muerto dentro del refugio. Así, igual que Ana Laura anteriormente había hecho, me pasaba las horas estudiando el cuaderno de dibujos, tratando de encontrar la respuesta.

Curiosamente, Ana Laura se dedicaba a corregir los textos

que había abandonado en un principio. Los papeles se habían invertido.

Recordaba claramente cómo al perforar con el taladro la puerta de metal, se había sentido un vacío, lo cual indicaba que Bernabeu y compañía habían muerto de asfixia, aspirando hasta el último litro de aire disponible. Esto me llevaba a dos incógnitas: la primera, ¿por qué no había podido abrir la puerta del refugio? y la segunda, si el sótano había sido diseñado para albergar gente durante períodos prolongados, ¿por qué no tenía la ventilación adecuada?

Después de darle vueltas y más vueltas en la cabeza llegué a la conclusión de que la trampa del pozo no era la entrada del refugio, sino una especie de salida de emergencia; así que debía existir otra entrada. Lógicamente, ésta sería mucho más accesible que la del pozo.

Aparte del cuaderno de dibujos, contemplaba a menudo la foto de bodas de Bernabeu, como si ésta pudiera darme algún indicio. Llegué a obsesionarme de tal manera que tanto el homicidio como el oro perdieron toda su importancia. Mis relaciones con Ana Laura se extinguieron por completo. Un día, mientras cenábamos, ella preguntó:

—¿Qué piensas hacer con tu parte del dinero?

Éste era un pensamiento que no había cruzado por mi mente en absoluto. Hasta entonces yo había pensado en términos de pareja, no de individuos.

—No sé —respondí y luego pregunté—: ¿Tú?

—Lo primero que haré será tomar unas largas vacaciones. Los mares del sur, tal vez.

—¿Sola?

Ella notó la decepción en mi voz y rápidamente aclaró:

—Mira, Javier, todas las relaciones necesitan de un respiro para fortalecerse.

Me di cuenta de que todo había terminado. Esta relación no necesitaba un respiro, porque simplemente ya no respiraba. Estaba muerta.

Dos semanas después del incidente —del homicidio— decidimos marcharnos. Recogimos todo y llenamos el Volkswagen de nueva cuenta. Afortunadamente, el viaje de regreso sería prácticamente de bajada; de otra manera, el diminuto automóvil no lograría llevarlo a cabo.

Extinguí ambas chimeneas y ya nos íbamos cuando se me ocurrió una idea: el único sitio donde no habíamos buscado el acceso al sótano había sido precisamente ése: las chimeneas.

Con un cepillo limpié perfectamente el piso de la chimenea de la sala y allí estaba. Observándolo con atención se podía ver una tenue línea de separación entre el bloque de ladrillos del centro y los de la periferia.

Seguramente Bernabeu había bajado a su escondite en compañía de su mujer, confiado en que todo funcionaría bien. Por alguna razón, el acceso se había cerrado herméticamente. No importaba, porque existía la salida hacia el pozo. Pero Bernabeu no tomó en cuenta de que la casa se asentaría con el tiempo, así que cuando quiso abrir la puerta de metal que daba a los túneles no pudo conseguirlo.

El tipo había muerto en forma horrible, en el propio refugio que había fabricado para poder sobrevivir.

Me llevé conmigo tanto la foto como el cuaderno de dibujos y el plano original de la casa. Ya que habían estado estos últimos tanto tiempo arrumbados en el desván, nadie los echaría de menos.

Para no dar la apariencia de que salíamos huyendo, nos detuvimos en el pueblo y entramos en la cafetería de Guillermo.

El dueño del Café nos reconoció de inmediato y se sentó con nosotros llevando un vaso de coñac consigo.

—¿Cómo va el trabajo? —preguntó en tono agradable.

—Ya lo terminamos —contestó Ana Laura—; de hecho, pasamos por aquí para despedirnos.

—Bien, espero que tengan un buen viaje y que vuelvan pronto.

Bebió el coñac de un solo trago y volvió a su puesto tras la barra.

Cuando nos levantamos, nos acompañó hasta el coche.

Ana Laura le obsequió al viejo un beso en la mejilla y subió al vehículo. Cuando estaba yo a punto de hacer lo mismo, el hostelero me tomó suavemente del brazo y me preguntó en voz muy baja:

—¿Valió la pena?

—¿Perdón?

Guillermo sonrió socarronamente al tiempo que me guiñaba un ojo.

Desde luego, nunca más volvimos por allí.

Las monedas resultaron valer mucho más de lo que Ana Laura había calculado, pues aparte de ser oro puro, eran muy antiguas. Un tailandés nos compró todo el lote sin hacer preguntas.

Ana Laura emprendió el vuelo en cuanto tuvo su parte del dinero y no he vuelto a verla desde entonces.

El plano de la casa de Bernabeu se encuentra bellamente enmarcado y cuelga de la pared principal de mi estudio. La fotografía de su boda adorna mi escritorio.

El cuaderno de dibujos lo envié anónimamente —mucho tiempo después— a la biblioteca del pueblo.

Al final de cuentas, los tesoros del pueblo no podían estar en manos de "gente como nosotros".

# VECINOS

*El camino de los excesos lleva a la torre de la sabiduría*

WILLIAM BLAKE

LA FAMILIA Lotzano había ahorrado durante muchos años para lograr adquirir un apartamento de condominio en una de las mejores zonas de la ciudad.

Siempre habían sido muy unidos: el señor Lotzano, su señora esposa, el hijo mayor y dos mujercitas trabajadoras y honradas de veinte y veintiún años respectivamente.

El señor Lotzano llevaba muy en alto el nombre de la familia y siempre había sido un hombre recto. Nunca había fumado, no probaba el alcohol y, desde que se había casado con Lucila a los veintiún años de edad, jamás había tenido relaciones con otra mujer.

Por razón natural, Fidel —el hijo mayor, de veintitrés años— era el exacto modelo de su padre. Tenía una novia desde hacía dos años, con la que pensaba casarse tan pronto como terminara sus estudios en la Universidad Nacional. Patricia, su novia, era una bella virgencita de veinte años, hija de una familia conocida, de intachable conducta.

Las dos hijas del matrimonio Lotzano, Purísima y Virgen, no tenían novio, pues consideraban que cuando lo tuvieran sería para casarse y no para perder el tiempo ni arriesgar el buen nombre de la familia en aventurillas inútiles.

El señor Lotzano no tenía carrera universitaria, pero llevaba trabajando veinticinco años para una compañía fundidora. Había empezado como obrero en los hornos y actualmente ocupaba —a mucha honra— la subdirección de producción y era el tesorero del sindicato. Consideraba que al llegar a los sesenta podría jubilarse con una buena pensión y disfrutaría de la calma de la vida propia de un hombre que jamás ha hecho mal a nadie.

Sin embargo, al mudarse al apartamento de sus sueños, los Lotzano no habían tomado en cuenta que habrían de compartir el edificio con varios vecinos, muy especialmente los del piso de arriba: la familia Casquivan.

Los Casquivan eran cinco personas, si es que se les podía llamar de esta manera.

El señor Casquivan se había casado cuatro veces: su actual mujer era de hecho su concubina, pues no había tenido dinero para arreglar legalmente su último divorcio y había decidido que era mejor la unión libre. Casquivan tenía cincuenta y seis años, pero su aspecto revelaba el de un anciano de ochenta. Tembloroso e invariablemente apestando a alcohol y tabaco, compartía su apartamento con sus tres hijos, producto de sus dos primeros matrimonios. Viviana, la hija mayor, contaba con veinticinco años y dos abortos en su cuenta. Era una llamativa mujer de ojos verdes encendidos que tenía dos objetivos en la vida: llegar a tener mucho dinero y divertirse como una loca. Hasta ahora, sólo había conseguido lo segundo. Adonis, uno de los herma-

nos, tenía veintidós años y había pasado la mitad de su vida en
una de las mejores escuelas del mundo: la correccional. Si bien
su especialidad era el robo a casas de habitación, a últimas fechas
se dedicaba a vender pirámides y boletos de rifas inexistentes,
con lo cual ganaba dinero suficiente para sus vicios. Deseo,
el hermano menor, era un atractivo rubio de ojos azules. Las
mujeres invariablemente se volvían a mirarlo. Vivía de su físico y
actualmente se encontraba estudiando arquitectura en una universidad privada, gracias a una beca que la propia directora le
había otorgado a cambio de ciertos favores. Tita, la concubina
del señor Casquivan, era una mujer esbelta y agradable. Había
trabajado varios años en un bar como mesera y había terminado
por dedicarse a la prostitución; fue así como conoció a Casquivan, a quien cautivó con su cara de inocente. Ahora, a los veintiocho años, llevaba una vida más o menos tranquila o, por lo
menos, podía dormir de noche y vivir de día.

Tal era la familia que había tocado en suerte ser vecina de los
Lotzano.


Los Lotzano terminaron con la mudanza un sábado por la tarde.
Siguiendo las buenas costumbres de que hacían gala, habían
acordado presentarse con todos los vecinos del condominio, ha-
ciéndoles una pequeña visita a cada uno. Como sólo había seis
apartamentos, consideraron que el domingo tendrían tiempo
suficiente para empezar una buena vecindad, así que regresando
de la misa de nueve, comenzaron a presentarse en cada uno de
los apartamentos, empezando por el de la planta baja.

Fue allí donde los alertaron por vez primera acerca de los

viciosos del quinto piso. El padre era un truhán de primera categoría y los hijos un par de vividores. La señora Tita era buena gente y Viviana era una mujer muy activa. Demasiado activa.

Los Lotzano habían vivido siempre en un mundo bueno y no prestaron atención a las observaciones de sus vecinos de la planta baja.

En el primer piso no encontraron a nadie y en el segundo vivía una señora viuda y amargada que prácticamente los echó de su casa en cuanto concluyeron sus presentaciones.

Los vecinos del tercer piso eran un matrimonio de recién casados que llevaban viviendo un par de meses en el inmueble pero que, según dijeron, muy pronto habrían de abandonarlo, pues al joven ingeniero le habían ofrecido trabajo en Tijuana.

Los Lotzano se presentaron en el quinto piso con los Casquivan a las once y media de la mañana.

La señora Tita los recibió envuelta en una bata transparente, de aquellas que usaba cuando trabajaba de ramera. Los hizo pasar y les ofreció una cerveza, a lo cual los Lotzano se rehusaron cortésmente, así como a un trago de tequila, cuya botella medio vacía se encontraba sobre la mesa de un destartalado comedor.

Por fin los mayores aceptaron una taza de café y un refresco las mujeres.

Apenas habían empezado las presentaciones cuando Adonis apareció en el comedor; llevaba pantalones de mezclilla y una playera blanca que rezaba "odio todo".

Rápidamente estudió a las dos jovencitas, llegando a la conclusión de que tenían cara de pendejas y que seguramente eran vírgenes. Sin más, se despidió, prometiendo bajar más tarde al apartamento de los Lotzano para ofrecerles que participaran en una pirámide.

Tita —cuyo cuerpo se transparentaba a la perfección a través de la bata— disculpó al señor Casquivan pues tenía una resaca atroz. Precisamente en ese momento le estaba preparando unos chilaquiles bien picosos.

Los Lotzano comenzaron a sentirse incómodos y se despidieron. Tita les agradeció su atención y se puso a sus órdenes. Cualquier cosa que se les ofreciera. Los Casquivan estaban allí para ayudar.

Aquél fue el día del primer encuentro.


El miércoles por la noche, cuando el señor Lotzano se encontraba a la mesa, disfrutando de unas conchas untadas con frijoles y una taza de café con leche, sonó el timbre y momentos después un anciano apareció frente a él, precedido por un tufo insoportable a alcohol.

—Mi querido vecino —dijo el anciano con voz pastosa—, vengo a devolver su atención del domingo.

Extendiendo su mano temblorosa añadió:

—Soy el señor Casquivan o, mejor dicho, lo que queda de él.

Emitió una fuerte risotada y su aliento golpeó la cara del señor Lotzano.

—Mucho gusto —dijo, mientras sentía cómo la cena le hacía piruetas en el estómago.

Casquivan tomó asiento sin que se lo pidieran y extrajo a continuación una anforita a la cual dio unos sorbos, extendiéndola posteriormente a su vecino. Lotzano negó con la cabeza mientras decía:

—Muy amable, gracias. No bebo.

—¿Nunca?

—Nunca.

—Tiene razón, el licor es malísimo, por eso me he propuesto acabar con él.

Volvió a emitir otra risotada y dio un sorbo más a la anforita, antes de guardarla de nuevo en el bolsillo de su saco.

—Estaba a punto de cenar, ¿usted gusta?

—¿Qué va a cenar?

—Algo ligero. Pan dulce y café. Pero si lo desea, podemos prepararle algo.

—¿Cómo qué?

—No sé. Carne, tal vez.

—¿Filete?

—No, albóndigas.

Casquivan lo pensó unos segundos y negó con la cabeza, mientras decía:

—No se moleste mi amigo, de hecho sólo pasé a presentarme y a ponerme a sus órdenes para cualquier cosa que se le ofrezca.

Diciendo esto, se puso de pie y se dirigió hacia la puerta, seguido de Lotzano, quien agradeció a Dios en silencio.

Al llegar a la puerta se volvió y dijo:

—Por cierto, ¿no tendrá cambio de un billete de cien?

Lotzano metió la mano en su bolsillo y extrajo unos billetes, los contó y negó con la cabeza.

—No, sólo tengo sesenta.

En una acción digna de un prestidigitador, Casquivan arrebató los billetes de la mano de su vecino y dijo:

—Préstemelos entonces, luego mando a uno de mis hijos a devolvérselos.

Diciendo esto y dejando a Lotzano con la boca abierta, salió del apartamento.

El señor Lotzano se comió una concha sin ganas y de inmediato empezó a sentir una terrible acidez estomacal.

Una mañana, Purísima entró al ascensor de camino al trabajo y se topó de frente con Adonis, que venía llegando de una noche de parranda. Tenía los ojos enrojecidos por el uso de marihuana y llevaba una playera que rezaba: "Fuck You".

—Buenos días —saludó Purísima.

—¿Adónde vas tan temprano?

—A trabajar.

—¿A esta hora?

—Son casi las ocho.

—A eso me refiero, es casi de madrugada. ¿En qué trabajas?

—Soy recepcionista en una clínica.

—Adonis miro apreciativamente a la chica. Llevaba un traje sastre y estaba perfectamente maquillada y limpia. Tal vez debido a la canabis, se le antojó meterse a la cama con ella.

—Bueno, que te diviertas —dijo a guisa de despedida y añadió—: por cierto, tu reloj es bastante barato. Te voy a vender unos boletos para la rifa de un Rolex.

—No, muchas gracias. Nunca participo en rifas.

Adonis metió la mano en el bolsillo de su pantalón y sacó dos tarjetas blancas con varios números impresos.

—¿Qué número te gusta?

—No, de veras. Además, discúlpame se me está haciendo tarde.

—¿Qué tal el trece?

—De veras…

—Te voy a anotar el trece y el treinta y uno. ¿Cómo te llamas?

—Es que yo…

—Ya estás anotada, ya no puedo borrarte, se arruinaría la lista; además cambiarías la suerte de los otros participantes.

La voz de Adonis sonaba convincente y tranquila. Purísima de pronto se imaginó luciendo el Rolex en su delicada muñeca.

—Purísima.

Adonis levantó las cejas exageradamente y exclamó:

—¿Purísima? No, ya, en serio. ¿Cómo te llamas?

La chica abrió su bolso y extrajo una identificación, mostrándosela a Adonis.

Éste leyó el nombre y no pudo evitar sonreír, mostrando unos dientes blancos y perfectamente acomodados. A Purísima la conquistó aquella sonrisa.

Adonis anotó el nombre junto a los números escogidos, mientras decía:

—Como son nuevos en el edificio, sólo te voy a cobrar un número.

—¡Gracias!

—Son cien.

—¿Cien?

—El reloj vale por lo menos siete mil.

Adonis la miró con superioridad, haciéndola cohibirse. La chica metió la mano en su bolso y extrajo una chequera. Hizo un cheque al portador por cien pesos y se lo entregó.

Adonis recibió el documento y le regaló a la chica otra de sus sonrisas, despidiéndose a continuación.

—Hasta pronto, Purísima.

—Hasta pronto, Adonis.

Al salir a la calle, Purísima se percató de que no había preguntado la fecha del sorteo, pero se sorprendió pensando que tampoco le importaba. El chico era tremendamente atractivo. Además, le había regalado un número.


Desde luego, Casquivan jamás devolvió los sesenta pesos al señor Lotzano, pero cada vez que lo veía lo saludaba abiertamente, como si se tratara de amigos de toda la vida. Una noche coincidieron al llegar al edificio. Casquivan, como de costumbre, apestaba a alcohol.

—Mi querido amigo Lotzano, ¿cómo estás?

—Bien, muy bien —Lotzano se llevó instintivamente la mano al bolsillo de su pantalón, protegiéndolo.

—¿La familia?

—También muy bien, gracias. ¿Viene de trabajar?

—Sí, en cierta forma, me pasé la tarde trabajándome a una golfita muy agradable.

Dicho esto, Casquivan emitió otra de sus risotadas.

A Lotzano no le pareció gracioso el comentario y permaneció en silencio. Casquivan añadió:

—El día que quieras te invito. No es precisamente lo que se llama un burdel, pero hay unos coñitos que no te los imaginas. Y nada caros, puedes creerme.

Lotzano no daba crédito a sus oídos. ¿Prostitutas? ¿Estaban hablando de prostitutas?

—No, gracias. Nunca voy con prostitutas.

—¿Nunca?

—Nunca.

—Tienes razón. Las putas son malísimas. Por eso trato de cansarlas hasta que les dé un infarto.

Casquivan emitió una más de sus risotadas en el momento que el ascensor paraba en el piso cuatro.

—Buenas noches —dijo Lotzano.

—Buenas noches ¿qué va a cenar? ¿Algo ligero?

—Sí —y añadió por la fuerza de la costumbre—, ¿usted gusta?

Casquivan no se lo pensó dos veces y aceptó. Entraron al apartamento a las nueve de la noche y Casquivan salió de allí a las doce, cuando Lotzano y Lucila no podían fingir más los bostezos. Durante la charla, la cual corrió a cargo de Casquivan, éste vació una botella completa de brandy.


Virgen estaba en una esquina esperando la aparición de un bendito coche de alquiler cuando un auto deportivo se paró frente a ella.

—¿Adónde vas? —preguntó el tripulante, un muchacho guapísimo y rubio.

En circunstancias normales, Virgen hubiera vuelto la vista hacia otro lado, pero el tipo era demasiado bien parecido y no pudo dejar de mirarlo.

—Estoy esperando a alguien.

—¿A esta hora?, te llevo.

Virgen se sintió como hipnotizada y cuando se había dado cuenta ya estaba a bordo del automóvil.

Él le extendió una mano bien manicurada, mientras decía:

—Deseo Casquivan. Mucho gusto.

El apellido hizo sonar una campana en el cerebro de la joven mujer.

—¿Casquivan? ¿Vives aquí cerca?

—Sí, ¿por qué?

—¿Tu mamá se llama Tita?

—No es mi mamá. ¿Cómo la conoces?

—Somos vecinos —extendió la mano y concluyó—: Virgen Lotzano. Él apretó suavemente la delicada mano de la chica mientras decía:

—Nunca había conocido a una Virgen.

Ella sonrío. El chico era realmente guapo.

—¡Qué bonito coche!

—Es de una amiga, pero está a tus órdenes. ¿Vas a la escuela?

—No, a trabajar. ¿Tú?

—A la universidad, estoy estudiando arquitectura.

La voz del chico era muy pausada y gutural. Virgen sintió un ligero escalofrío en la entrepierna.

—¿No te desvío?

—Para nada. ¿Adónde vas?

—A la General Motors.

—Me queda de camino —mintió Deseo.

Platicaron durante el trayecto y cuando Virgen descendió del vehículo frente a la General Motors, estaba perdidamente enamorada del chico. Cuando vió que el automóvil se alejaba, se sintió terriblemente sola.


Tita Casquivan venía cargada con dos bolsas pesadas y al llegar a la puerta del edificio una de ellas se desfondó, esparciendo latas de cerveza por todas partes.

Para su fortuna, Fidel Lotzano apareció en ese momento.

—Permítame ayudarla, señora.

—Gracias, vecino.

Fidel recogió las latas de cerveza y ayudó a transportarlas hasta el apartamento del quinto piso.

Tita era una mujer precavida: como el señor Casquivan no había aparecido en toda la noche, supuso que llegaría con una cruda terrible y exigiría sus benditas cervezas.

Fidel ayudó a Tita a poner las cervezas en el congelador y se encaminó a la puerta, al tiempo que se despedía:

—Hasta luego, señora.

—Espera un momento, Fidel. Por lo menos tómate una cerveza o un refresco.

Fidel aceptó una Coca Cola más por cortesía que por otra razón.

El joven Lotzano no era demasiado atractivo, pero era fuerte y musculoso, el tipo de hombre que siempre le había gustado a Tita. Si vivía con Casquivan era porque de alguna manera le proporcionaba seguridad y, bien o mal, un hogar y una familia, pero sexualmente el viejo era un asco. Siempre olía a alcohol y cada día le costaba más trabajo lograr una erección.

Tita se encontró deseando a Fidel mientras éste bebía su refresco. Sabía que sexualmente lo podía volver loco. No en vano había sido prostituta y conocía bastantes cosas en el arte de excitar a un macho.

Fidel se sintió observado y se incomodó. La señora Casquivan no estaba de mal ver y él no comprendía cómo podía estar casada con aquel viejo borracho. Además, se veía que ella era mucho más joven que él. No aparentaba más de treinta años.

El silencio se volvió embarazoso y Tita lo rompió:

—¿Qué deportes practicas, Fidel?

—Kárate, señora.

Casi sin darse cuenta, Tita puso una mano sobre el bíceps de Fidel y exclamó:

—¡Qué fuerte eres!

Él se puso tenso, pero la mano de la mujer no le molestaba en absoluto. Al contrario.

Apresuró su refresco y se despidió. Tita lo acompañó hasta la puerta mientras decía:

—Ésta es tu casa, sube cuando lo desees.

—Gracias, señora.

—Llámame Tita, no estoy tan vieja.

—Muy bien. Hasta luego, Tita.

El señor Lotzano se volvió sumamente precavido con respecto a Casquivan. Sobre todo después de la noche que los había martirizado a él y a su esposa con el relato de sus soeces correrías. Así que cada vez que se aproximaba al edificio se aseguraba de que Casquivan no anduviera por allí. Una noche, mientras acechaba para ver si tenía el paso libre, escuchó la voz de una mujer a sus espaldas:

—¿Busca algo?

Tal vez por la sorpresa o debido a la sensualidad de la voz, Lotzano sintió un escalofrío en el cuello. Se volvió y descubrió a una bellísima y joven mujer, la cual lo escrutaba con desconfianza. Sin saber por qué, Lotzano se sintió culpable.

—¿Perdón?

—¿Busca algo?

—No, buenas noches. De hecho vivo en este edificio, pero resulta que tengo un vecino bastante pesado y antes de entrar quería asegurarme de que no anduviera por aquí.

—¿Cómo es él?

—Inconfundible. Apesta a alcohol a tres metros de distancia y tiene una forma de reírse insoportable.

—¿Es usted el nuevo vecino?

La voz de la mujer penetraba hasta el centro mismo del cerebro de Lotzano. Tenía un rostro bellísimo y era alta y muy esbelta. Lotzano se dio cuenta de que hacía muchos años que una mujer no le llamaba tanto la atención.

—¿Perdón?

—¿Es usted el nuevo vecino?

—Sí, mucho gusto. Soy el señor Lotzano.

Ella lo miró de arriba abajo, evaluándolo y, finalmente, extendió su mano:

—Viviana Casquivan. Y no se preocupe, mi padre no anda por aquí, tiene usted el paso libre —diciendo eso, dio media vuelta y se marchó.

Lotzano se quedó de una pieza y mientras contemplaba la figura de Viviana alejarse, se llevó la mano a la nariz. El perfume de la chica olía delicioso.


A Deseo le había resultado simpática la vecina y le llamaba la atención su timidez. En realidad nunca había tratado con una mujer inmaculada. Desde muy joven, había sido víctima de la seducción de sus profesoras, algunas amigas de su padre y una prima de Monterrey que le llevaba diez años. Todas aquellas tipas eran zorras consumadas, así que el trato con su vecina lo sorprendió y empezó a gustarle.

Varias veces la llevó hasta la General Motors y una mañana

la despidió con un ligero beso en la mejilla, provocando que se pusiera roja y muy nerviosa. Por otra parte, a partir de su primer encuentro con Deseo, Virgen lo sentía incrustado en su cerebro y en su corazón. Tan sólo pensar en él, le dolía hasta el estómago. La pobre chica fue perdiendo peso ostensiblemente. Sus padres se preocuparon y su madre la acompañó al médico, pero éste no encontró problema alguno. Pero sí estaba enferma. Estaba enferma de amor.

Una tarde, Deseo la invitó al cine. Aunque ya contaba con veinte años de edad, pidió la anuencia de sus padres, los cuales se negaron rotundamente. Especialmente el señor Lotzano, quien se imaginaba que si el padre del muchacho era un putañero, el chico debía serlo también. Aquel tipo de cosas se llevaba en la sangre.

—No, hija. Te prohíbo que salgas con ese muchacho. Es una pésima influencia para ti.

—Pero si no lo conoces, papá.

—Conozco a su padre, con eso basta.

Virgen no insistió. Simplemente se sentía desmayada. Era la primera oportunidad que tenía para salir con el ser amado y su padre se lo impedía. No era justo.

Nunca antes lo había desobedecido en nada; sin embargo, aquella tarde, al salir el señor Lotzano de vuelta al trabajo, Virgen se fue al cine con Deseo.

Desde luego, Deseo no la amaba en absoluto, todo era una mera curiosidad. Aquella tarde, amparado en la oscuridad de la sala cinematográfica, pasó su brazo por los hombros de la chica, quien lejos de negarse se sintió muy complacida. Deseo no intentó ningún otro acercamiento, pero aquello bastaba. Virgen nunca se había sentido tan feliz.

Las horas pasaron y Deseo la invitó a un bar a tomar una copa. Virgen se había olvidado por completo de su padre y si acaso lo hubiera recordado, no le habría importado en absoluto. Estaba perdidamente enamorada del rubio y por nada del mundo cambiaría su presencia por otra cosa.

Cuando Lotzano llegó a su casa esa noche, sus conchas y el plato de frijoles refritos ya lo estaban esperando. De inmediato echó de menos a su hija menor y, en un arranque de ira, subió al quinto piso, deseando encontrarse con el hijo, el mozalbete aquél.

En medio de su enojo, perdió el estilo y golpeó la puerta de los Casquivan repetidamente con los nudillos.

Cuando estaba a punto de volver a tocar, la hoja de madera se abrió y el enojo de Lotzano desapareció por arte de magia.

Viviana se encontraba frente a él, observándolo como si se tratara de una enorme cucaracha. Si a Lotzano lo había cautivado la noche de su primer encuentro en la penumbra de la calle, esta vez lo dejo sin aliento. A plena luz, la chica era un monumento a la belleza. Sus ojos verde esmeralda contrastaban con su cabello negro azabache. Sus labios eran imposiblemente sensuales y su gesto de desprecio hacia todo, sólo contribuía a hacerla más atractiva. Por si fuera poco, sólo llevaba encima una larga playera blanca que dibujaba a la perfección las voluptuosas curvas de su cuerpo, resaltando sus firmes tetas.

—¿Sí?

—Bu… buenas noches.

Viviana lo siguió mirando con desdén e impaciencia y no dijo nada.

Lotzano trató de recuperar la compostura y haciendo un

enorme esfuerzo por desviar la vista de los voluminosos pechos de la chica, articuló:

—Usted perdone, ¿se acuerda de mí?, soy su vecino.

La mujer simplemente asintió con desgano y dijo:

—Mi padre no está en casa.

—Er… Claro. Por supuesto. Sólo que no venía a buscar a su padre, sino a su hermano.

—No hay nadie. Cuando llegue Adonis le diré que estuvo usted aquí. Sin decir más, comenzó a cerrar la puerta. Lotzano insistió:

—Disculpe, no busco a Adonis, sino a Deseo.

La mujer siguió mirándolo como si no existiera; luego dijo:

—No hay nadie, ya se lo dije. Si veo a Deseo le diré que lo anda buscando. Adiós.

Viviana cerró la puerta casi en las narices de Lotzano, quien se sintió terriblemente ridículo. Bajó de nuevo a su apartamento y descubrió que había perdido el apetito por completo. Y no precisamente a causa de su hija.

Cuando Virgen llegó, iba preparada para una seria reprimenda, pero no le importaba. El sólo hecho de haber pasado la tarde con Deseo valía todos los regaños del mundo. Sin embargo, su padre se encontraba frente al televisor y se veía completamente ausente.

—¿Papá?

Lotzano no se inmutó.

—¿Papá?, ¿te sientes bien?

—¿… Eh?

—¿Te sientes bien?

—Sí… Sí, muy bien, sólo estaba pensando.

—Papá. Siento mucho haberte desobedecido, pero tengo que confesarte que estoy completamente enamorada de ese chico.

Lotzano volvió a perderse en el espacio.

—¿Papá?, ¿me estás escuchando?

Lotzano volvió la mirada a su hija.

—¿Perdón?

—Te digo que lo quiero, papá. Estoy loca por él.

Virgen se imaginaba que su padre reaccionaría violentamente, pero no. Sólo asintió mientras decía:

—Te entiendo, hija. Te entiendo perfectamente —no dijo más y volvió a extraviar la mirada.

Virgen lo besó tiernamente en la frente y se fue a dormir. Deseaba entrar al mundo de los sueños lo antes posible, para soñar con Deseo.


Adonis y dos de sus secuaces allanaron una casa de las Lomas un domingo por la tarde. Hacía tiempo que no se dedicaba a aquella actividad, pero las ventas de pirámides y loterías no estaban dejando lo suficiente. Sobre todo, a los precios que se encontraban la marihuana y la cocaína en el mercado.

No encontraron resistencia alguna y ataron a las dos sirvientas fácilmente.

En la recámara principal, Adonis encontró una buena cantidad de joyas y salieron de allí apresuradamente. Fue un golpe limpio y rápido.

Dividieron el botín aquella misma noche. Cada uno se encargaría de vender su parte; de esta manera sería más difícil para la policía detectar el origen de las joyas.

Mientras fumaba un cigarrillo de marihuana y jugaba con su parte del robo, Adonis tuvo una inspiración: entre lo robado se encontraba un Rolex de acero oro, para dama, en perfecto estado.

A la mañana siguiente, se levantó casi de madrugada —casi a las ocho— para interceptar a Purísima.

Fingiendo que el encuentro había sido fortuito y a punto de despedirse de la chica, dijo:

—¡Ah! Por cierto. El número ganador fue el trece.

Metió la mano al bolsillo de su pantalón y extrajo el reloj.

Purísima no daba crédito. Abrió la boca pero no supo qué decir, así que volvió a cerrarla. Con la mayor naturalidad del mundo, Adonis tomó la mano izquierda de la chica y le quitó el reloj de pulsera que llevaba, colocando ceremoniosamente el Rolex en su lugar.

Para no arruinar el momento, se despidió:

—Nos vemos, Purísima.

Ella sólo logró asentir sin emitir palabra alguna.

Al ir pasando los días, el señor Lotzano se dio cuenta de que estaba completamente obsesionado con Viviana. El rendimiento en su trabajo comenzó a bajar, su mujer le empezó a parecer muy poca cosa y se pasaba horas enteras con la mirada perdida, recordando aquel bello rostro y las hermosas tetas. Se imaginaba el tamaño y el color de los pezones. Su sabor dulce y excitante. Se imaginaba salir a la calle con una hembra como aquella, a la que todo el mundo se volvería a mirar.

Una tarde se encerró en su despacho y se masturbó pensando en lo que sería hacer el amor con Viviana.

Cuando penetraba a su esposa, con la luz apagada, soñaba que era su vecina quien estaba con él.

Desesperado, platicó del asunto con su confesor; pero éste no lo ayudó gran cosa:

—Hijo mío, se trata de una prueba que te manda el Señor. Tú siempre has sido un hombre recto. Simplemente intenta no pensar en ella. Somos carne y padecemos las debilidades de ésta, pero tu alma es limpia y sana. Saca a esa mujer de tu mente. ¡Encomiéndate a Dios!

Aquella misma tarde, al llegar al edificio, coincidió con Viviana, quien llevaba una minifalda de licra negra y una blusa blanca, casi transparente.

Lotzano no sólo no se encomendó a Dios, sino que olvidó por completo su existencia. Sintió una punzada en el estómago y se apresuró a alcanzar a la mujer.

Para su fortuna, el ascensor estaba atorado en el sexto piso, lo cual le daría algunos minutos para disfrutar a su musa.

—Buenas tardes.

Viviana lo observó como si se tratara de una fea mucosidad.

—¿Qué tienen de buenas?

La respuesta de la chica lo desarmó por completo y volvió a sentirse ridículo. Por si esto fuera poco, notó que la mujer no llevaba sostén y sus tetas se transparentaban a la perfección a través de la blusa. A Lotzano empezaron a temblarle las piernas.

—¿Tiene algún problema, Viviana?

—¿Le importa?

—Er… Bueno… Somos vecinos, ¿no?

La chica encendió un cigarrillo y arrojó el humo a la cara de Lotzano que, lejos de tomarlo como un insulto, pensó que de alguna manera se trataba de una caricia. Viviana dijo:

—No tengo un problema, tengo muchos, pero ninguno que usted pueda solucionarme.

—¿Por ejemplo?

Viviana contempló impaciente el panel del ascensor, el cual seguía encendido en el número seis.

—Mi hombre de turno acaba de mandarme a la mierda.

Lotzano se quedó estupefacto y, sin pensar, exclamó:

—¡Debe estar completamente loco!

—Sí. Y es un hijo de la chingada. Ahora, si no le importa, no tengo ganas de conversar, ¿de acuerdo?

Lotzano sintió ganas de abrazarla tiernamente mientras decía:

—Viviana, ¡por favor, escúcheme!

Ella lo barrió con la mirada.

—¿Ahora qué?

—Sólo quiero decirle que cuando tenga algún problema, yo estoy en la mejor disposición de escucharla. Quiero ser su amigo.

—Ya tengo todos los amigos que necesito.

En ese momento se abrió la puerta del ascensor y entraron a él.

Lotzano se sentía un imbécil. Se estaba comportando como un idiota. Lo sabía, pero no le importaba. Aquella diosa lo tenía atrapado en sus redes. Al llegar al cuarto piso, se despidió de ella, percatándose que los pezones de la chica eran enormes:

—Siento mucho lo de su novio.

Ella hizo un gesto de disgusto.

—Buenas noches, Viviana. Y, por favor, lo que se le ofrezca. Cualquier cosa. Estoy a sus pies.

Sin contestar nada, la chica oprimió varias veces el botón que cerraba la puerta del ascensor.

Lotzano entró a su apartamento y se dirigió directamente al cuarto de baño, y procedió a masturbarse.

Cada vez que Purísima miraba el Rolex, pensaba inevitablemente en Adonis. En un principio había creído que la famosa rifa sólo había sido un truco para estafarle los cien pesos. De cualquier manera, había llegado a perdonarle el presunto fraude. Pero cuando el muchacho le entregó el reloj, se sintió sumamente mal. ¿Cómo era posible que hubiera dudado de él?

Una noche coincidieron en la puerta del edificio. Ella venía de un velorio y se encontraba muy deprimida. Una compañera de trabajo había muerto en un accidente automovilístico.

Adonis notó la tristeza en la chica y aprovechó el momento. La invitó a un bar a tomar una copa.

—No bebo.

—Esta vez sí; te hace falta.

Purísima había tosido y sentido que se le quemaba la garganta cuando ingirió el brandy, pero con la segunda copa hubo de aceptar que se encontraba francamente reanimada.

Se veía sumamente agradable porque el color negro le sentaba estupendo y no llevaba un gramo de maquillaje en el rostro. Esto provocó que a Adonis se le antojara aún más.

Tomaron otra copa y volvieron caminando al edificio. La depresión había desaparecido y Purísima se sentía muy a gusto al lado de Adonis. A la puerta del apartamento de ella, él se despidió con un beso en la mejilla y la joven mujer, en un arranque inexplicable, se abrazó a él y lo besó en la boca. Adonis no quiso forzar su suerte y se abstuvo de acariciarla con las manos. Se concretó a besarla, delicadamente, en la boca.

—Nos vemos, Purísima.

—Nos vemos, Adonis.

Cuando Purísima entró al apartamento, su padre se encontraba —como ya era su costumbre— perdido frente al televisor. Purísima temió que él captara el aroma a alcohol, pero pronto se dio cuenta de que su padre no captaría nada. Ni a un elefante de circo desfilando dentro del apartamento. Pasó de largo y el señor Lotzano ni siquiera pestañeó. Se encontraba perdido. Purísima entró al cuarto de baño y posteriormente se desvistió y se puso un pijama. No tenía sueño, pero deseaba dormirse lo antes posible. Deseaba entrar en el mundo de los sueños con Adonis a su lado. Lo último que hizo aquella noche fue mirar la carátula fosforescente del Rolex en la oscuridad.

El señor Casquivan le dio un buen trago a su anforita y se dispuso a ver la cuarta carrera de la tarde. Si bien su suerte había dejado mucho que desear en las tres primeras, a la hora de adquirir la quiniela para la siguiente, había tenido una premonición. Cuando iba a decir los números cuatro y ocho la lengua se le trabó y en su lugar pronunció uno y dos.

Al abandonar la taquilla, su lógica le indicaba que había cometido una tontería. La combinación escogida no podía ganar. El caballo número uno, "Relámpago amarillo" no había ganado una sola carrera en los últimos dos meses; y el dos, "Destello", llevaba doce carreras derrotado; sin embargo, dentro de sí, Casquivan sentía que ganaría.

*"¡Arrancan!"*.

Casquivan veía a los potros trotar como en cámara lenta. Por primera vez en su larga vida de apostador, podía escuchar los cascos al pisar la tierra, la respiración agitada de los animales y sus jinetes. Sentía la tensión inevitable del público.

*"Llegan a la primera curva el número cuatro, 'Catrín', seguido de cerca por el número ocho, 'Pegaso' "*.

Casquivan apretó fuertemente el trozo de papel en su mano.

*"Ahora viene desde atrás el número uno, 'Relámpago amarillo' haciendo una estupenda carrera"*.

Casquivan empezó a sentir un sudor frío en la frente. Se encontraba como hipnotizado.

*"Se mete por el lado de adentro el número dos, 'Destello' "*.

Casquivan empezó a sentir una fuerte presión en el pecho, mientras observaba a los caballos uno y dos avanzar por la pista a gran velocidad.

*"Ahora el duelo es entre 'Relámpago amarillo' y 'Destello', que aventajan a su más cercano perseguidor por más de dos cuerpos"*.

Casquivan se sentía como flotando.

*"Y llegan a la meta. Primer lugar, el número uno, 'Relámpago amarillo'; segundo lugar, el número dos, 'Destello'. Quiniela ganadora: uno y dos"*.

Casquivan sintió claramente cómo se le paralizaba el corazón. Sin soltar el papel de la quiniela ganadora, se desplomó pesadamente al suelo.


Tita decidió valerse de los músculos de Fidel para subir a Casquivan hasta su apartamento. Después de una semana en el hospital, debería utilizar una silla de ruedas por algún tiempo.

Fidel ayudó con gusto. Tita y él se habían hecho muy buenos amigos y aquella semana él la había acompañado casi todos los días un rato, cuando volvía del hospital. La pobre mujer se encontraba muy sola.

Una vez acomodado Casquivan en su habitación, Tita cerró la puerta y se sentó en la sala, invitando a Fidel a que la acompañara.

—No sé si sea prudente.

—Por favor, Fidel. Quédate un momento.

Si bien era un tipo fuerte, la faena lo había hecho sudar. Llevaba la camisa abierta y en un arranque Tita había acariciado el pecho sudoroso.

Se miraron a los ojos intensamente y se unieron en un beso apasionado en la boca, durante casi un minuto, al cabo del cual, Fidel se deshizo violentamente de Tita, poniéndose de pie y exclamando:

—¡Perdón, Tita!… No sé qué estoy haciendo… ¡Discúlpame! ¡Por favor, discúlpame!

Por toda respuesta, Tita lo tomó de la mano y lo atrajo de nuevo hacia ella.

Unos minutos después, con Casquivan dormitando en su habitación, Fidel tenía la bragueta abierta y Tita hacía de las suyas con la boca, en honor a los viejos tiempos.

Un martes por la noche, Viviana llegó al edificio poseída de un especial mal humor. Había recibido un telegrama del banco que no admitía doble interpretación: o pagaba las letras pendientes, o el banco recogería su automóvil.

El señor Lotzano la había estado cazando y cuando la vio se acercó a ella:

—¡Vivianita! ¿Cómo está?

—De la chingada —contestó la bella joven.

A Lotzano nunca le habían gustado las malas palabras, pero cualquier cosa que saliera de aquella hermosa boca era bienvenida.

—Pero, ¿por qué?

Viviana lo observó durante unos segundos, como si acabara de notar su presencia.

—¡A usted qué le importa!

—Me importa, Vivianita. Me importa más de lo que usted se imagina.

—Viviana no estaba de humor para viejos ridículos, así que dijo:

—¡Váyase a la mierda!

—¡Cálmese, Viviana! ¡Cálmese! Se lo suplico. ¿Qué problema tiene?

La bella mujer se abstuvo de responder. Ya tenía demasiados problemas para soportar al tipo aquél.

—¡Cuénteme! Vivianita.

—No me diga Vivianita.

—Bueno… Viviana, ¡cuénteme! Tal vez pueda ayudarla.

A Viviana se le encendió una luz en lo más profundo de su cerebro.

—No creo que pueda.

—¡Inténtelo!

La chica encendió un cigarrillo y dijo, con palabras envueltas en humo:

—Necesito diez mil pesos para mañana o el pinche banco me quita el coche.

—¡Qué desgracia, Vivianita! Digo, Viviana.

—¿Lo ve? No puede ayudarme.

Lotzano sintió que aquella era una oportunidad única para establecer relaciones con la mujer de sus sueños y, casi sin pensarlo, dijo:

—¡Claro que puedo! ¿Dijo diez mil pesos?

Ella estuvo a punto de contestar: "Sí, viejo estúpido. ¿Qué? ¿Está sordo?". Pero su instinto le indicaba que el tipo podía ser su salvación y, en cambio, suavizando el tono, dijo:

—Así es.

—Mañana en la tarde tendrá los diez mil pesos. Viviani… Viviana.

Al escuchar las palabras mágicas, la mujer se esforzó por esbozar su mejor sonrisa, mientras decía con voz dulce:

—Es que los necesito por la mañana, antes de la una y media.

Al contemplar la sonrisa de la chica, el espíritu de Lotzano creció en su interior, cobrando una nueva vida y exclamó:

—A las once de la mañana. ¿Le parece bien? Dígame donde nos vemos y yo le llevaré el dinero.

Viviana estaba muy contenta. El vejete aquel le resolvería su problema. Le dio una dirección y Lotzano prometió estar allí a las once y punto. Tomaron el ascensor y antes de despedirse en el cuarto piso, Viviana le tomó la mano a Lotzano, mientras decía:

—No sabes cómo te lo agradezco —acto seguido, le propinó un sonoro beso en la mejilla y luego apretó el botón de cierre.

Lotzano entró casi corriendo al baño, ignorando a su esposa, a sus dos hijas, a las conchas y los frijoles refritos.

¡Lo había besado!

¡Vivianita lo había besado!

* * *

Deseo quería hacer las cosas al pie de la letra, así que llevó a comer a Virgen a un restaurante de lujo, ordenó champaña y después de beber ambos una copa del costoso líquido, dijo:

—Virgen, ¿quieres ser mi novia?

La chica por poco se desmaya. O bien no había escuchado correctamente o estaba soñando. Se quedó sin habla unos segundos y finalmente articuló con dificultad.

—¿Qué?

—Digo que si quieres ser mi novia.

Por toda respuesta, la chica asintió con entusiasmo.

Durante la comida, parecía un crío con un juguete nuevo. Difícilmente soltaba la mano de Deseo y lo miraba con inmensa ternura. Se sentía como la princesa de un cuento infantil, al lado de su hermoso príncipe.

Hacía tiempo que Deseo se había dado cuenta de que la chica estaba perdidamente enamorada de él. Y ella no estaba nada mal: no era alta, pero tenía un cuerpo muy bien formado y poseía un rostro dulce. Deseo era decano en las artes sexuales, pero la posibilidad de poseer a una virgen lo entusiasmaba. Además, la chica le caía bien. Era diferente. No le tocaba el pene a través del pantalón ni le susurraba obscenidades al oído. No usaba minifaldas sin ropa interior debajo, ni tacones altos. Un día se imagino desvirgándola toda completa: la boca, las tetas, la vagina, el ano. Todo. Ser primero en todo. Quedar grabado en la piel de ella para siempre.

Ella, por su parte, soñaba con casarse con él. Formar una bonita familia al lado del hombre que había desatado tanta pasión en su alma. Pero además, sería la envidia de todas sus amigas.

Deseo era un tipazo. No solamente guapo o bien parecido, sino que siempre llamaba la atención por su perfección física. Una noche, Virgen había soñado que se acostaba con él.

Al salir del restaurante y mientras esperaba su automóvil, Deseo abrazó a su novia y la besó en la boca. Suavemente al principio, aumentando de intensidad después.

Como era principiante, ella se dejó hacer. La lengua de él jugó con sus labios y luego con la propia lengua de ella. Acarició sus encías, su paladar, mordisqueó suavemente el labio inferior de Virgen.

Al finalizar la caricia —el primer beso en la vida de ella—, Virgen se sentía en otro mundo, en otra dimensión. Sin embargo, se dio perfectamente cuenta de que su entrepierna se encontraba muy húmeda.

Aquella noche se fue a dormir completamente embobada.

¡Su novio!

¡Deseo y ella eran novios!


Lucila Lotzano notaba que algo andaba mal en su familia. Su marido vivía como ausente, perdido. Su hijo había terminado con su novia de buenas a primeras, sin dar explicaciones. Purísima llegaba oliendo a alcohol frecuentemente y Virgen caminaba a varios centímetros del suelo.

Y todo había sucedido desde que se habían mudado a aquel apartamento.

Aunque era creyente, llegó a pensar que los habían embrujado.

★   ★   ★

La afición de Purísima por el alcohol fue creciendo en la misma proporción que su gusto por Adonis: ese hombre sumamente ocurrente y simpático quien mostraba desdén por todo, lo cual no dejaba de impresionar a Purísima. Parecía no temerle a nada ni a nadie y ninguna situación lo ponía nervioso o tenso.

Purísima se dio cuenta de que estaba definitivamente enamorada de él. Todo el día lo traía en la mente. Recordaba sus bromas, su ingenio ante cualquier comentario. Admiraba cómo Adonis manejaba las cosas. Adoraba su sonrisa.

Y los obsequios. Adonis le había regalado una fina pulsera de oro y un anillo con un brillante. Al contemplar los objetos, sentía que llevaba a su hombre con ella a todas partes.

Asistían juntos a tirar los dardos mientras consumían algunos tragos y charlaban con otros asiduos al lugar, muchos de ellos amigos o conocidos de Adonis. El grupo era bastante heterogéneo, pero igualmente interesante. Purísima fue descubriendo que existía otro mundo, más allá del mundito que sus padres habían creado alrededor de ella y sus hermanos.

Poco a poco comprobó que la vida no era aquella pureza y misticismo con los que sus padres veían y juzgaban todo. Llegó a pensar que la carencia absoluta de vicios era tan mala como el vicio total. Todo era bueno siempre y cuando llevara la medida correcta. Pero el hecho de abstenerse de todo, lo convertía a uno en un bicho raro en un mundo donde las cosas se desarrollaban de otra manera.

El alcohol, por ejemplo. Desde el día que lo había probado se había dado cuenta de que le permitía deshacerse de muchas de sus inhibiciones, en lo cual no había nada de malo y sí mucho de bueno. Fue así como había besado por primera vez a Adonis y fue de la misma manera —bajo los efectos del etílico— que había permitido que él le acariciara las tetas una noche, a la entrada del edificio. Y ella se había sorprendido a sí misma permitiéndoselo sin oponerse en absoluto. Le gustaban aquellas manos mágicas, suaves, delicadas, deliciosas.

Purísima se estaba alejando de su religión, la cual había practicado con devoción hasta hacía unas semanas. Y tenía buenas razones para esto. ¿Qué podía haber de malo en dejarse acariciar por el hombre que amaba? ¿No era acaso humillante el tener que ir a confesar aquello ante un tipo regordete ataviado con una sotana? ¿Podía haber mejor forma de alabar al Señor —nuestro Creador— que disfrutando de la vida?

El propio Adonis se había encargado de inculcarle y cultivar ciertas ideas en su mente:

—¿Pecado?

—Si me tocas sin casarnos, es pecado.

—¿Te gusta?

—Sí, me gusta mucho. Pero no está bien.

—Si te gusta no puede ser malo. No puedes imaginar a Dios poniéndonos cosas que nos guste tocar y prohibiéndonos hacerlo, ¿verdad? En ese caso, Dios sólo sería un tipo cruel y ruin.

—Nos pone a prueba.

—¿Para qué? Ya sabe de antemano cómo vamos a actuar, ¿o no?

Casi sin darse cuenta, la joven mujer fue cambiando su fe: de Dios a Adonis, hasta que un día él lo era todo, y todo lo que él decía era la verdad absoluta.

Como tesorero del sindicato, a Lotzano no le había costado mucho trabajo conseguirle los diez mil pesos a Viviana. Él se encargaría de reponerlos poco a poco y, como gozaba de absoluta confianza, todo el mundo creía en las cuentas que entregaba.

Además, ¿qué eran diez mil pesos a cambio de la felicidad de la bellísima Viviana?

Y el beso. ¿No había valido la pena el beso? Al momento de entregarle el dinero, Viviana lo había besado en los labios. Sólo unos segundos, sólo una caricia, pero una caricia que representaba la totalidad de la vida.

En aquella ocasión, la mujer lo había hecho sentir un verdadero hombre. No el hombrecito de caricatura que había sido hasta entonces, sino aquel macho que rescata a su hembra de los peores peligros del mundo y es recompensado debidamente.

Después de probar las mieles del amor, Fidel se había aburrido de su novia, a la que ahora consideraba una estúpida mojigata.

En cambio, se había vuelto loco por Tita. La esbelta mujer le había enseñado cosas que él jamás hubiera imaginado que existían. Se citaban en un hotel de paso y Tita lo instruía expertamente en las diversas artes sexuales.

Se sentía muy hombre. A final de cuentas, se estaba acostando con una mujer mayor que él, casada e increíblemente salvaje en la cama. Se sentía orgulloso de sí mismo. Ahora soñaba con trabajar duro para liberar a su hembra de las garras del maldito Casquivan, quien a la sazón organizaba partidas de póquer en su casa, pues todavía no podía salir a la calle.

Su madre había querido hablar con él una noche, después de regresar de una tarde de amor con Tita y él la había hecho callar:

—No tengo nada que hablar contigo, mamá.

—Pero es que la forma en que terminaste con Patricia no es normal, Fidel. Esa pobre niña te ama y…

Fidel había cerrado la puerta de su habitación en las narices de su madre. Al principio había sentido remordimiento, pero al recordar las blancas y redondas nalgas de Tita, se sintió satisfecho con su actitud.

A Casquivan no le extrañaban las frecuentes ausencias de su concubina. Sabía que había otro hombre en la vida de ella, pero no le importaba. Era un tipo práctico. Si él —en el estado en que se encontraba, después del infarto— no podía satisfacerla sexualmente, era natural que la joven mujer buscara satisfacción en otra parte. Además, seguía atendiéndolo debidamente y se comportaba comprensiva con él. Más como una hija que como una amante.

Por otra parte, las partidas de cartas que había organizado, habían resultado todo un éxito. Como no tenía nada mejor que hacer, Casquivan se pasaba el día manipulando la baraja una y otra vez, hasta que había llegado a dominarla.

Ahora ganaba buen dinero en el póquer, en su propia casa; y no que tuviera mucha suerte, sino que con la habilidad que había desarrollado podía acomodar las cartas como quisiera, con lo cual tenía el veinticinco por ciento de las jugadas aseguradas.

Llegó un momento en que se sentía muy bien, como para salir a la calle, pero prefería fingirse inválido y así sacaba mayor provecho de la situación.

* * *

Viviana estaba harta de la ciudad y decidió marcharse unos días a Cancún. Sin embargo, no tenía dinero para el viaje.

Una noche, bajó al piso de Lotzano y llamó a la puerta.

Lotzano abrió y se sorprendió agradablemente al encontrarse de frente con su diosa.

—¡Viviana! ¡Qué agradable sorpresa!

Sin importarle que la señora Lotzano o alguno de sus hijos anduviera por allí, Viviana dijo:

—Invítame a un trago. Mi casa está llena de humo y de jugadores de póquer.

Lotzano estaba en mangas de camisa y se había aflojado la corbata.

—¿Ahora?

Viviana lo barrió con una de sus acostumbradas miradas y dijo, después de suspirar exageradamente:

—Si no puedes, no importa. Me iré sola.

Ya se marchaba cuando él la detuvo, tomándola del brazo suavemente.

—Dame un segundo Viviani… voy por un saco.

La señora Lotzano lo observó acomodarse la camisa, la corbata y ponerse el saco y preguntó:

—¿Adónde vas a esta hora?

Lotzano había aprendido bien las lecciones de Viviana y contestó con displicencia:

—¿Te importa?

—¡Desde luego que me importa! ¡Eres mi marido!

—Sí, desgraciadamente —y diciendo esto, se marchó.

Fueron al bar de un hotel de lujo, donde Viviana ordenó una botella de champaña helada. Lotzano dudó en beber, pero temiendo hacer el ridículo ante su musa, ingirió el gaseoso líquido.

Media hora después y descorchada la segunda botella, Lotzano se sentía un superhombre. Y no era para menos. Viviana atraía todas las miradas de los parroquianos. Con la pierna cruzada, prácticamente enseñaba sus estupendas nalgas y su risa llenaba el lugar como una agradable melodía.

Cuando Viviana notó que Lotzano estaba ebrio, lo tomó del brazo familiarmente y pegando sus pechos a él, le dijo:

—Me encantas, eres todo un hombre.

Lotzano ya lo sabía. Se sentía un macho completo, capaz de gustarle a cualquier hembra. En medio de la embriaguez, tenía la certeza de que Vivianita estaba loca por él. Las cálidas tetas de ella apretadas a su brazo así lo confirmaban. Se sentía feliz como nunca antes.

Viviana esperó a que el calor de su cuerpo electrizara a Lotzano y luego dijo:

—Vas a decir que soy una pesada, pero tengo un pequeño problema.

—¿Cuál problema, Vivianita? Mientras yo esté cerca, tú no tienes ningún problema.

—Necesito dinero.

Lotzano la contempló un momento. Llevaba el negro cabello en largos y adorables rizos, y sus ojos verdes brillaban como si trajeran bombillas eléctricas adentro. Más abajo, el brazo de él rozaba la fina tela que lo separaba de los enormes y rosados pezones de la hembra. *Su* hembra.

—El dinero no es problema, Viviana.

—Es que no me gusta abusar de ti.

—¿Abusar de mí? Yo nací para servirte, nena. Es mi única misión en la vida. ¿Cuánto necesitas?

Originalmente, Viviana había pensado que con siete u ocho

mil pesos sería suficiente para su viaje, pero tomando en cuenta la disposición del inspirado vejete, aventuró:

—Quince mil pesos.

En milésimas de segundo, la borrachera de Lotzano desapareció.

—¡¡¡¿Quince mil pesos?!!!

Viviana hizo un gesto exquisito de ternura y, acariciándole el ralo cabello a su acompañante, dijo con voz de niña reprimida:

—Si no me los puedes dar, no importa.

El perfume de Viviana embriagaba a Lotzano más aún que el champaña y la mano de ella acariciándole el cabello era mucho más de lo que el buen hombre podía resistir. Sin pensarlo un segundo, articuló con voz ronca:

—Pasado mañana tendrás el dinero.

Haciendo un gran esfuerzo para dominar el asco, Viviana lo beso en los labios.


Purísima dejó de serlo un viernes por la noche.

Adonis y ella habían pasado toda la tarde en el bar de marras, bebiendo a discreción.

Al salir a la calle, el aire golpeó la cara de la chica como una bofetada y se empezó a sentir realmente mal. Entonces Adonis le ofreció algo que la aliviaría de inmediato.

Resguardados en el portal de una casa, el joven hombre extrajo un frasquito lleno hasta la mitad de un polvo blanco. Diestramente, se colocó un poco del polvo en la uña del dedo meñique y lo acercó a la nariz de su novia.

—¡Aspira fuerte!

Purísima dudó un segundo y preguntó:

—¿Qué es?

—¡Hazme caso! —ordenó él y repitió:—¡Aspira fuerte!

La chica obedeció.

Lo primero que sintió fue que se le quemaba la nariz por dentro, pero unos segundos después la molestia desapareció por completo. Adonis tomó un poco más de cocaína en su uña y la acercó a la otra narina de Purísima. Ella volvió a aspirar, más confiada esa vez.

En menos de un minuto, el malestar ocasionado por el alcohol había desaparecido por completo y había dejado lugar a una euforia casi incontenible.

Purísima nunca se había sentido tan bien. Sin abandonar el portal, besó en la boca a Adonis varias veces, mientras las manos de él recorrían todo el cuerpo de ella.

La chica se dio cuenta de que estaba demasiado excitada, pero no importaba. Nada importaba. Se sentía *tan bien!*

Los expertos dedos de Adonis se deslizaron bajo la falda de Purísima y antes de que ella se diera cuenta ya se habían introducido en el pliegue de su pantaleta.

Ella no protestó. No había nada de malo en eso, ¿o sí?

Dios no ponía cosas para que se tocaran y luego prohibía tocarlas, ¿verdad?

Al sentir los dedos de Adonis masajeándole el clítoris, Purísima se olvidó de todo y se dedicó a disfrutar aquello.

Adonis la llevó a un hotel cercano, drogándola nuevamente antes de desnudarla.

Purísima se sentía excesivamente bien y excesivamente excitada.

Con toda la situación bajo control, Adonis hizo un buen trabajo. Besó y lamió todo el cuerpo de la chica, dedicándose en especial a sus pequeñas tetas y su entrepierna. Cuando ella estuvo perfectamente lubricada, le ofreció una dosis más de cocaína y él mismo aspiró la droga un par de veces. A continuación, la fue penetrando con delicadeza.


Purísima entró en su apartamento casi a las dos de la madrugada. Se sentía muy contenta, eufórica. Su madre la interceptó, demandándole una explicación a su llegada tarde. Purísima no estaba para explicaciones.

—Mañana hablamos, mamá.

—¡No!, ¡ahora mismo!, ¡apestas a alcohol!

—Mañana, mamá —acto seguido, cerró la puerta de su habitación en el rostro de la sorprendida Lucila Lotzano.


El señor Lotzano no se sentía muy bien del estómago. Había pasado la mañana haciendo cuentas y más cuentas. Por fin, a las doce del día, había hecho cuadrar las cifras, pero el nerviosismo y el sentimiento de culpabilidad le habían hecho pedazos la digestión del desayuno.

Sin embargo, en el fondo se sentía muy bien. Cerraba los ojos y todo lo que veía era el excelso rostro de Viviana… y su estupendo cuerpo. Se sentía como un colegial con su primer amor. Además, ¿no era él lo suficientemente hombre para una hembra como aquélla? A sus cincuenta y tantos años, ¿no se merecía un poco de placer en esta vida? ¿Una compensación por todos los años de arduo trabajo?

Se fue convenciendo a sí mismo de que no había problema alguno. Él se encargaría de ir pagando el dinero extraído.

Se repetía a sí mismo que no había nada de malo en aquella actitud. Nunca había gastado su dinero en mujeres ni en vicios. Era justo que ahora pudiera hacerlo de una u otra forma, ¿o no? Y además todo aquello era poco comparado con el placer que le producía estar al lado de Viviana. Con sólo verla, le temblaban las piernas y su espíritu se iluminaba. Sólo con recordar las miradas de envidia de los parroquianos del bar, sus inquietudes desaparecían y daban paso a un gran orgullo.

Desde luego, una mujer como aquella no se conquistaba fácilmente. Había que ganársela a pulso. Demostrar que uno era lo suficientemente inteligente y capaz. No había muchas Vivianas en este mundo, así que uno tenía que estirarse al máximo para alcanzar la cima y alcanzarla a ella.

¡Y el beso! Frente a todo el mundo. Un beso largo, tierno, de hembra agradecida.

¡Al diablo con todo! —se dijo a sí mismo. Él haría cuadrar las cuentas que fueran necesarias con tal de poseer a aquella diosa.

—Quiero hacer el amor contigo —dijo Virgen con aplomo.

Deseo observó a la chica largamente. Muchas veces se habían lanzado a él durante su corta vida, pero se trataba de aventuras sin importancia. En cambio, Virgen representaba una especie de trofeo en su currículum.

Él la había acariciado varias veces, teniendo buen cuidado de no mancillar alguna zona importante. Le había besado el cuello y las orejas y le había besado la boca casi al punto de asfixiarla, pero nunca había tocado sus piernas y sus tetas. Quería desvirgarla de una sola vez, en una sola ocasión, toda completa, no por partes.

La joven mujer había expresado su deseo de casarse con él. Deseo fingía estar de acuerdo, pero hacía hincapié en el hecho de que contaba apenas con veinte años y le faltaban dos para terminar su carrera. Tal vez cuatro para poder ganar lo suficiente como para contraer matrimonio.

A Virgen se le hacía demasiado tiempo. Por más que ejercitara su fuerza de voluntad, cada vez se encontraba más frecuentemente pensando en hacer el amor con su novio, con su querubín.

La noche anterior había soñado que él le hacía ciertas cosas y había amanecido con la pantaleta completamente humedecida. Incluso había pensado que se había orinado. Pero no, eran las mieles del amor las que habían mojado la prenda.

Deseo había hecho un buen trabajo psicológico con ella. A diferencia de su hermano, nunca había influido en las tendencias religiosas de Virgen. Para nada. Antes bien, la había acicateado a seguir adelante y él era el primero en pedirle que llegara virgen al matrimonio.

Conocedor de las mujeres, Deseo sabía que las recomendaciones terminan por lograr un efecto de rebote. Intuía que Virgen se obsesionaría de tal manera con la idea, que acabaría por convencerse de que no tenía caso esperar tanto tiempo. El amor es una enfermedad que las obnubila y al final se entregan, matrimonio o no matrimonio.

Y allí estaban, en el interior del deportivo rojo. Se habían besado apasionadamente y Virgen sugería lo esperado.

—¿Estás segura?

—Sí, quiero darte todo mi amor. No puedo esperar más.

—¿Ya lo pensaste bien?

—Sí, mi vida. Quiero ser tuya lo antes posible.

Deseo sonrió en su interior.


Viviana regresó de Cancún deliciosamente bronceada. Se había pasado ocho días a lo grande. Obviamente, había terminado hasta con el último centavo del dinero que Lotzano le había entregado. Pero había valido la pena. Se había enredado con un canadiense de casi dos metros de estatura y había comido, bebido, bailado y hecho el amor casi al punto de reventar. Las vacaciones le habían sentado bien.

Cuidando su mina de oro, lo primero que hizo fue visitar al señor Lotzano.

Si ella le había parecido la mujer más bella del mundo, ahora rebasaba cualquier parámetro. Los ojos verdes resaltaban exquisitamente en la bronceada piel y el rostro de la chica se veía feliz y complacido. Al verla, Lotzano pensó de inmediato en el desfalco a la caja de ahorro del sindicato y lejos de sentirse arrepentido, se congratuló por haberlo hecho. Viviana bronceada valía hasta el último centavo y aún más.

Viviana lo saludó familiarmente con un beso en la mejilla. En ese momento, Lotzano estaba sólo en el apartamento. Sus hijas habían salido. Fidel se encontraba en su lugar de reunión con Tita y la señora Lotzano había ido a visitar a una amiga enferma en el hospital.

—Pasa, Viviana. ¿Cómo te fue?

—De maravilla. ¿Estás solo?

—Sí.

—Perfecto. Quiero mostrarte algo.

Cerró la puerta del apartamento tras de sí y sin aviso previo se deshizo de la playera blanca que llevaba.

A Lotzano casi le da un infarto. Las hermosísimas tetas de Viviana se encontraban a unos centímetros de él en todo su esplendor. Los rosados y grandes pezones resaltaban en la blanca piel donde un diminuto bikini había impedido el paso del sol tropical. El resto del tórax de la chica estaba muy bronceado. El espectáculo era desmesuradamente erótico.

—¿Qué te parece?

Lotzano tenía la boca abierta y no pudo articular palabra alguna.

Ella le lanzó una mirada coqueta, mientras preguntaba como niña traviesa:

—¿Quieres ver lo demás?

Él sólo logró asentir, hipnotizado ante tanta belleza.

Con absoluta naturalidad, Viviana se deshizo de los ajustados vaqueros que llevaba. No tenía prenda íntima alguna debajo, así que en un santiamén estaba completamente desnuda frente al agradablemente sorprendido Lotzano.

Ella se dio vuelta como una modelo profesional y él pudo admirar toda la belleza que la naturaleza había concentrado en aquella criatura.

Su negro vello púbico contrastaba con la blanca piel y la marca del bikini. Al darse vuelta, Lotzano pensó que estaba soñando. Las esbeltas nalgas de Viviana eran un tesoro blanco, contrastando con el bronceado de las piernas y la espalda.

Unos segundos después, volvió a vestirse y se despidió de Lotzano, quien no había podido articular palabra alguna. Lo volvió a besar en la mejilla y abrió la puerta mientras decía:

—¿Valió la pena el gasto?

Lotzano asintió varias veces.

El perfume de Viviana todavía flotaba en el ambiente cuando Lotzano alcanzó el cuarto de baño y se masturbó salvajemente.

Purísima abandonó su trabajo en la clínica y se dedicó a algo más lucrativo. Adonis la puso a vender boletos de rifas y pirámides. La chica sentía que le pertenecía a su hombre en cuerpo y alma, se sentía su esclava, pero esta idea, lejos de inquietarla, le agradaba sobremanera. Por fin había encontrado un objetivo real a su existencia: servir a un amo.

Deseo no se apresuró con su chica. Tenía todo el tiempo del mundo, así que preparó las cosas como deben de ser. Pidió prestada a una de sus amigas una casa en Valle de Bravo.

Virgen avisó —no pidió permiso, sólo avisó— que se ausentaría un fin de semana. Su padre ni cuenta se dio de lo que le decía. Su madre en cambio, se negó rotundamente y la interrogó:

—¿Con quién vas?

—Con unas amigas.

—Virgen, ¡por Dios!, tu nunca has mentido, hija mía. ¿Te vas con el rubio de arriba, verdad?

—El rubio de arriba se llama Deseo y no, no me voy con él; me voy con dos compañeras de la General Motors.

—Hija mía, por favor. Tu padre y tus hermanos parecen como hechizados. Tú eres la más cuerda de todos, ¡recapacita!

—No tengo nada que recapacitar, mamá. Sólo voy de fin de semana con unas amigas. ¿Qué tiene de malo?

—¿Qué amigas? ¡Quiero sus nombres y sus teléfonos!

—¿Para qué?

—Quiero comprobar que no me estás mintiendo.

—¿No me tienes confianza?

—Sí, hija. Pero comprende mi situación. Aquí están pasando cosas rarísimas. Siento que mi familia se está desintegrando. Siento que se me escurre entre los dedos. ¡Compréndeme!

Virgen sabía lo que le esperaba aquel fin de semana y pronto se hartó de los lloriqueos de su madre. Deseaba estar al lado de su amado.

—Me voy, mamá.

—¡No! Quiero los nombres y los números telefónicos de esas muchachas o no vas a ninguna parte.

Con tan sólo pensar en el ángel que la aguardaba en el deportivo rojo, el carácter de Virgen se inflamó:

—No soy una niña para que andes cotejando mis actividades. Soy mayor de edad y no tienes derecho a tratarme así. Me voy. Además, mi papá ya me dio permiso.

—Tu papá está enfermo. ¿No lo has notado?

—Tal vez la enferma eres tú, mamá.

La señora Lotzano decidió valerse de una de sus armas más poderosas: se puso a llorar.

Esta actitud, lejos de conmover a Virgen, la impacientó aún más.

—¡Ya, mamá!, déjate de ridiculeces. Nos vemos el domingo en la noche.

No dijo más y dejó a Lucila Lotzano sumida en el llanto y la impotencia.

Mientras se internaban en la carretera que conducía al lago, Virgen se sentía dentro de un cuento de hadas. La vegetación era exuberante y bella a más no poder. A su lado, su príncipe conducía el automóvil como si se tratara de un corcel. Deseo lucía particularmente guapo en ropa deportiva y se había puesto una boina que lo hacía verse aún más atractivo.

En el trayecto, completando sus planes, Deseo había puesto música muy agradable, sobre todo de Mozart. Para no estropear el sublime momento, habían hablado muy poco, pero sus manos se había entrelazado y sólo se soltaban para que Deseo controlara el auto en una que otra curva peligrosa.

La casa en cuestión resultó igualmente de ensueño. Era una cabaña rústica, pero con todas las comodidades de la vida moderna.

Deseo encendió un buen fuego y puso a enfriar varias botellas de champaña. Para la ocasión, había conseguido Heidsick rosado. Valía la pena.

Empezaron a acariciarse pasadas las seis de la tarde y a las nueve de la noche y dos botellas de champaña después, Virgen era un horno a punto de estallar, así que Deseo la llevó a la cama.

Él se consideraba un experto y con razón, pero sabía que debía tener precaución con una virgen. Quería que ella recordara aquel día durante toda su vida, sobre todas las cosas, bajo cualquier circunstancia.

Había planeado desnudarla poco a poco, como si se tratara de un delicioso caramelo. Sin embargo, al volver del cuarto de baño, la chica ya se había desnudado por completo y se había metido en la cama.

Deseo encendió velas y apagó la luz eléctrica. Puso música

suave, a muy bajo volumen. En un momento determinado, la escena parecía una pintura de Latour.

Se metió en la cama y empezó por besar a la chica en la boca, mientras sus manos exploraban el terreno que ahora le pertenecía incondicionalmente.

Se sorprendió al notar que las tetas eran bastante grandes, más de lo que se veían cuando estaba vestida, y las nalgas eran tersas y muy firmes. No recordaba haber tocado una piel más delicada que la de Virgen.

Ella había perdido el nerviosismo, pero estaba muy emocionada. Después de un rato de acariciarla, Deseo suspendió temporalmente el rito y sirvió más champaña.

Virgen lucía espléndida a la luz de las velas. El reflejo de las llamas en sus ojos hizo pensar a Deseo que se trataba sólo de una bella bruja, disfrazada de virgen para atraparlo.

Besó y lamió los dulces pezones de la chica y con sumo cuidado los succionó durante un rato, dejándolos amoratados. Quería que ella lo recordara cada vez que se mirara en un espejo.

Descendió besando cada parte del firme abdomen y el ombligo, hasta llegar al vello púbico. Allí dedicó más de media hora a besarla y lamerla. Cuando Virgen ya no disfrazaba su placer, sino que gritaba como una loca, le introdujo el pene en la virgen boca, colocándose en una posición de sesenta y nueve.

La inexperta mujer lo lastimó varias veces, ya que debido a la excitación que le producía la lengua de él en el clítoris, ella se desesperaba y quería mordisquearle el pene.

Cumplida esta parte del rito, Deseo abrió delicadamente las piernas de Virgen, flexionándolas hacia arriba, para lastimarla lo menos posible.

Ella se encontraba perfectamente lubricada y, si bien sintió dolor, era un dolor exquisito, sublime.

Él la fue penetrando poco a poco, mientras besaba sus labios y su cuello para mantenerla excitada. Una vez completamente dentro, comenzó a moverse rítmicamente.

Virgen combinaba pujidos de dolor con jadeos de placer. Sentía que estaba volviendo a nacer. O mejor aún, que su vida empezaba en aquel momento y que todo lo anterior había sido un sueño.

Se sentía adolorida, pero feliz. Al tener a Deseo dentro de ella, sentía como si se tratara de una comunión divina. No podían estar más juntos ni más unidos.

Unos minutos después, Deseo extrajo el pene y trató de penetrar a Virgen por el ano. Ella se asustó y se puso tensa.

—¡No!, por allí no, mi vida, ¡por allí no!

—Claro que sí, mi amor. Si lo hago por delante puedo embarazarte.

—¡Embarázame! ¡Quiero un hijo tuyo!

—No, mi bien. Desde luego que vamos a tener un hijo. Y no uno, muchos, pero no todavía. Estamos muy jóvenes y no quiero arruinar tu vida.

Mientras decía esto, seguía intentando traspasar el cerrado ano de Virgen.

Ella finalmente cedió al amor que le inspiraba el muchacho y se relajó, mientras sentía el pene de su amado desgarrarle el recto.

El sufrimiento no duró mucho. En menos de un minuto, Deseo descargó todo el deseo contenido durante varias semanas en el recto de su chica. Finalmente, se desprendió de ella y la premió con un prolongado beso en la boca.

Virgen tenía lágrimas de felicidad y dolor en sus bellos ojos cafés.

Viviana se paró en seco frente al aparador de la agencia automotriz. El objeto de su atención era un deportivo blanco, convertible.

Entró en la agencia.

Dos vendedores se disputaron el placer de atenderla. Llevaba una minifalda que mostraba a la perfección sus adorables muslos y una playerita que dejaba fuera el ombligo. En una mujer menos bella, el atuendo habría resultado un tanto vulgar, pero a Viviana la hacía lucir como una diosa.

Montó el automóvil y se dedicó a manipular todos los botones existentes, mientras el vendedor, a su lado, le contemplaba las bellas piernas.

—Es el último modelo —dijo el vendedor y agregó convencido—: parece como si lo hubieran fabricado exclusivamente para una mujer como usted.

Viviana ni siquiera se había dado cuenta de la existencia del tipo, acariciaba los asientos de fina piel con sus bien manicuradas manos y manejaba los interruptores de los vidrios eléctricos una y otra vez. Parecía una niña en una juguetería.

—¿Cuánto cuesta?

—El precio de lista es de ciento noventa y ocho mil, pero tomando en cuenta que usted será la mejor publicidad par el vehículo y si lo paga de contado, podríamos dejarlo en ciento noventa mil.

Viviana permaneció dentro del auto un par de minutos más

y luego descendió de él, mostrando en la acción la totalidad de sus esbeltas piernas.

—¡Apártenmelo!

—Con mucho gusto, señorita, ¿Cuánto quiere dejar de depósito?

Viviana fulminó al vendedor con la mirada y aquél se concretó a tomar los datos de la chica, sin volver a mencionar depósito alguno.

Viviana sabía que conseguiría el automóvil. Recordaba bien la cara que había puesto Lotzano el día que se había mostrado desnuda frente a él y no dudaba que el tipo daría cualquier cosa por poseerla. Si manejaba bien las cosas, Lotzano aportaría el dinero.

Pero en esta vida nada es gratuito. Tendría que aguantar el asco y meterse en la cama con Lotzano, mas el convertible bien valía la pena el sacrificio.

Un sábado por la mañana, tocó a su puerta.

Lotzano la recibió como si se tratara del arcángel de la anunciación.

—¡Viviana!, ¡qué gusto!, ¡qué placer más inesperado!

—¿Estás solo?

—Sí.

—¿Puedo pasar?

—Por supuesto, Vivianita.

Fidel se había ido a sus clases de karate, Virgen había aprovechado la mañana para visitar al proctólogo y Purísima estaba muy ocupada vendiendo pirámides. La señora Lotzano había ido de compras al supermercado.

Viviana hizo un esfuerzo sobrehumano y besó a Lotzano en los labios, introduciendo la lengua en la pastosa boca del tipo. Lotzano no perdió el tiempo y de inmediato se aferró a las nalgas de la diva.

Evitando volver a besarlo, la mujer dejó que Lotzano la manoseara a discreción, mientras ella fingía un gran placer.

Después de unos minutos, se abrió la blusa y permitió que él besara su pecho, tratando de distraer su mente, pensando en cosas más agradables.

Lotzano, por su parte, había imaginado aquella escena decenas de veces mientras se masturbaba en su despacho o en el baño de su casa. Ahora que se materializaban sus fantasías, creía estar soñando.

Segundos después, Viviana lo tomó de la mano y lo llevó hasta la habitación principal.

Viviana se sentó sobre la cama matrimonial y con Lotzano de pie frente a ella, le bajo la bragueta y extrajo el pene.

Lotzano estaba excitadísimo, pero aún así, el tamaño de su miembro era ridículo. Viviana cerró los ojos tratando de pensar en otra cosa y se introdujo el pene de Lotzano en la boca, succionándolo expertamente.

Lotzano no daba crédito a la escena. Acariciaba el negro cabello de su amada mientras decía una sarta de incoherencias:

—…¡Oh, Vivianita!… ¡Ay!, ¡mi vida…! ¡Te amo Viviana! ¡Mi amor!

A lo largo de su vida, Viviana nunca había tratado con un pene de aquellas dimensiones, pero concluyó que ya estaba listo, así que se echó sobre la cama boca abajo. Levantando el trasero exageradamente y subiéndose la minifalda hasta el ombligo, exclamó:

—¡Hazme tuya! ¡Te lo suplico! Quiero sentirte.

Lotzano no podía creer tanta belleza, así que, temiendo despertar del sueño en cualquier momento, dirigió su minipene a la vagina de Viviana y la penetró con gran facilidad.

Viviana jadeaba y pujaba, fingiendo placer a la perfección, mientras Lotzano metía y sacaba su penecito en la amplia vagina de ella.


Debido a los exagerados jadeos de Viviana, no escucharon la puerta del apartamento al abrirse.

Para desgracia de la señora Lotzano, ésta había olvidado sus vales de despensa y había vuelto a casa a buscarlos.

Atraída por los ruidos, Lucila Lotzano se acercó a su habitación como hipnotizada. Cuando vio la escena, las piernas se le convirtieron en un par de hilachos. Sintió que iba a desmayarse.

Mientras tanto, de espaldas a ella, los dos amantes seguían en lo suyo.

La señora Lotzano sintió una infinita vergüenza y salió del apartamento sin hacer ruido, dirigiéndose con dificultad a la calle.


Viviana aprovechó la excitación de Lotzano y le dijo:

—Me amas, ¿verdad? ¡Dime que me amas!

Manipulando las caderas de la hermosa venus, sudando como un loco, Lotzano respondió:

—¡Claro que te amo! Desde el día que te conocí. ¡Te adoro!

Entre fingidos jadeos, Viviana preguntó:

—¿Cuánto me amas?

—¡Todo!, mi vida; te amo todo.

—¿Serías capaz de cualquier cosa por mí?

En ese momento, el penecito de Lotzano empezó a infla-marse. Estaba a punto de eyacular dentro de su hembra de ensueño.

—¡Sí, mi amor! ¡De cualquier cosa!

—¡Júramelo!

El orgasmo de Lotzano empezó justo en el momento en que respondía:

—¡Te lo juro, mi vida! ¡Te lo juro, mi amor! Sería capaz de todo por ti. ¡Mi adoración! ¡Te amo…! ¡Te amo!


Al terminar Lotzano, Viviana se dirigió rápidamente al cuarto de baño y con suma repugnancia se lavó profusamente.

Al regresar a la habitación, el espectáculo era patético. Lotzano estaba sentado al borde de la cama, con los pantalones y los calzoncillos a la altura de las rodillas y respirando con dificultad.

Viviana ordenó:

—¡Vístete! Quiero que veas algo.

Lotzano estaba en otro mundo. Si en algún momento había pensado que estaba enamorado de Viviana, aquello no era nada después de haberla poseído. Su amor por ella había crecido a la décima potencia.

Como un autómata, se vistió y salió del edificio, de la mano de su amada.

Aún no daba crédito a lo que acababa de suceder, cuando llegaron a la agencia automotriz.

—¡Mira! ¿No es hermoso?

Lotzano admiró el automóvil que la chica señalaba y dijo:

—Muy bonito, pero debe costar una fortuna.

—Nada de eso. Sólo ciento noventa mil pesos. ¿Qué te parece?

En ese momento, Lotzano sintió un campanazo en el cerebro.

—Ciento noventa mil pesos es un dineral, mi amor.

—¡Entremos! Quiero que veas cómo luzco en él.

Viviana entró a la agencia y con absoluta seguridad se montó en el vehículo.

A Lotzano le temblaban las piernas. En parte por la actividad sexual de unos minutos atrás y en parte porque ya se imaginaba lo que seguiría a continuación.

—¿Qué tal? —preguntó Viviana desde el interior del automóvil.

—¡Luces estupenda!

Viviana salió del auto y abrazó a Lotzano, mientras le decía como una niña pequeña:

—¿Me lo compras? ¡Di que sí! ¡Di que sí!

—Viviana, mi amor. ¡No tengo ciento noventa mil pesos!

Ella lo miró decepcionada y salió de la agencia sin decir más. Él la alcanzó en la puerta e intentó tomarla del brazo, pero ella lo evitó groseramente.

Lotzano trató de explicarle:

—Viviana… yo… la verdad es que no soy millonario.

Ella lo miró con desprecio y dijo:

—¡Eres un desgraciado! Primero hiciste que me enamorara de ti y una vez que conseguiste lo que querías ya no te importo.

—Viviana, ¡por favor! ¡Te amo! Créeme que si tuviera el dinero te compraría el auto.

—¡Te aprovechaste de mí! ¡Me usaste!

—Nada de eso, Viviana. Te amo como un loco, ¡créeme!

—Eres igual que todos. Sólo soy un juguete para tí. Un juguete sexual. ¡No quiero verte más!

Diciendo esto y con una actuación digna de un Óscar, dejó a Lotzano plantado en la calle.

Al verla alejarse, Lotzano sintió que le arrancaban el alma.

La señora Lotzano había observado como Viviana y su marido salían del edificio. Aún no alcanzaba a digerir la escena que había presenciado dentro del apartamento. ¡Su marido! ¡En su propia habitación! ¡En su cama!

Purísima disfrutaba en grande cada dosis de cocaína; si le gustaba, no podía tener nada de malo, ¿o sí?

¿Que era una droga?

Sólo si la pagabas a plazos, solía decir Adonis.

Un sábado por la tarde, Adonis envió a su chica a conseguir los enervantes.

Purísima se negó en un principio, pero él la convenció fácilmente:

—A ti no te conocen. Vas, las compras, las pagas y regresas. Es todo. Como ir a comprar unas galletas.

—Me da miedo.

—¿Crees que si fuera un asunto riesgoso te mandaría? ¿Me crees capaz de ponerte en peligro?

Ella acarició el rostro de su bien amado con el dorso de la mano, tiernamente, y dijo:

—¡Desde luego que no!

—Entonces, ¡ve!

Le dio las instrucciones pertinentes en cuanto al domicilio en cuestión y con quién debería tratar.

Purísima se imaginaba que el sitio sería una tétrica vecindad de barrio bajo, pero se quedó sorprendida al ver que se trataba de un lujoso edificio.

Llamó a la puerta y un hombre de unos cuarenta años apareció:

—¿Sí?

—¿El Pollo?

—¿Quién lo busca?

—Vengo de parte de Adonis.

—Pasa.

El interior del apartamento se encontraba abarrotado de antigüedades, tapices y pinturas. Purísima no necesitaba ser una experta para darse cuenta de que todos los objetos eran auténticos y muy finos.

Un hombre más joven se presentó ante ella.

Purísima volvió a preguntar:

—¿El Pollo?

—Sí.

—Vengo de parte de Adonis.

El Pollo sacó un sobre de su saco y se lo entregó a la chica.

Ella a su vez le extendió un rollo de billetes. El Pollo los contó y se los guardó en el saco. Acto seguido, extrajo un pequeño estuche de oro de su bolsillo y una fina cucharita del mismo metal. Abrió el estuche y llenó diestramente la cucharita, llevándosela a la nariz y aspirando.

A Purísima la hipnotizó la elegancia del Pollo para drogarse.

El Pollo volvió a llenar la cucharita y la acercó a la nariz de Purísima, quien aspiró profundamente.

Aquella cocaína era algo diferente. La sensación en la nariz no era la misma que la que había experimentado con los polvos de Adonis.

En unos segundos, Purísima empezó a sentirse muy bien. Extraordinariamente bien.

De pronto, la hilaridad se apoderó de ella y empezó a reírse. Primero con risitas entrecortadas, luego risas continuas y finalmente a grandes carcajadas que la hicieron llorar.

El Pollo la contemplaba con una amplia sonrisa en la boca.

Purísima finalmente se calmó y el Pollo llenó la cucharita una vez más y la volvió a acercar a la nariz de la chica, quien la aceptó gustosa.

El Pollo la invitó a tomar asiento y le sirvió una copa de coñac.

Purísima bebió el coñac con deleite. No recordaba haber probado bebida más deliciosa que aquella.

El tiempo se fue deslizando agradablemente, entre copas de coñac y cucharitas con cocaína, sin una palabra de por medio. Sólo las carcajadas de Purísima.

Purísima no se dio cuenta cuándo perdió el conocimiento, pero al abrir los ojos, ya estaba amaneciendo. Se encontraba en una gran cama, completamente desnuda. Al tratar de moverse, sintió un agudo dolor en el recto. Por fin se dio vuelta y el espectáculo que contempló casi la hizo vomitar.

El Pollo y el tipo que había abierto la puerta del apartamento se encontraban dormidos, desnudos, abrazados uno al otro como un buen matrimonio.

Purísima se levantó con dificultad y empezó a buscar su ropa, la cual encontró en la sala donde se había reído buena parte de la tarde anterior. Cada vez que caminaba, sentía una fuerte punzada de dolor en el recto.

Se vistió velozmente y salió despavorida del apartamento del Pollo.

Virgen se encontraba desesperada. Después de regresar de Valle de Bravo —del mágico viaje—, Deseo no había vuelto a visitarla. Ni siquiera la había llamado. Parecía que se lo hubiera tragado la tierra.

La chica subió una noche al quinto piso a buscarlo. Necesitaba una explicación. Sobre todo, ahora que se había entregado a él y estaba más enamorada que nunca.

Tita abrió la puerta, permitiendo la salida de una humareda de tabaco y los ruidos propios de una mesa de juego.

—Buenas noches, señora.

—¡Hola!

—Disculpe, ¿no está en casa Deseo?

—No, a decir verdad, hace varios días que no lo veo. Déjame preguntarle a su padre. ¿Gustas pasar?

—No, gracias. Espero aquí.

Los segundos se le hicieron una eternidad a la enamorada. Por fin, Tita volvió a aparecer:

—Parece que se fue a San Antonio a comprar unas cosas. Casquivan dice que no sabe cuando volverá.

—Gracias, señora.

—De nada.

Virgen volvió a su apartamento, donde su padre hacía cuentas y más cuentas, ayudado por una calculadora electrónica. Se encerró en su habitación y se puso a llorar desconsoladamente.

Viviana sabía que Lotzano terminaría por comprarle el automóvil: sólo era cuestión de tiempo. Después de todo, ya le había dado a probar la fuente del amor y el tipo estaba perdidamente enamorado. Además, la actuación de ella había sido impecable.

Lotzano no podía vivir de aquella manera, cerraba los ojos y lo primero que veía era el hermosísimo trasero de Viviana. Abría los ojos y lo primero que veía eran números y más números.

Y estaba loco por ella. Recordaba con deleite cómo la había poseído. Cómo ella se había introducido su pene en la hermosa boca. Recordaba su aroma. Sus rosados pezones.

El miércoles por la mañana, decidió hacer un cheque por los ciento noventa mil pesos. Como era una cantidad fuerte, el cheque debía llevar dos firmas. La del propio Lotzano y la del presidente del sindicato.

Lotzano extrajo de su escritorio un documento que llevaba la rúbrica del presidente y se dedicó a practicarla durante más de una hora. Al final, llenó el cheque en la máquina de escribir y estampó su firma con tinta azul. Para darle más veracidad al documento, falsificó la firma del presidente en tinta negra. Contempló su trabajo unos segundos y salió de la oficina.

Se dirigió directamente a la distribuidora automotriz.

El vendedor no lo reconoció y se disculpó:

—Perdón, señor, pero no podemos venderle este auto. Ya está apartado.

—Lo sé. Precisamente va a ser un regalo sorpresa para ella: Ella es mi…

—¿Su hija?

Lotzano se sintió ridículo.

—No, mi… sobrina.

—Muy bien, ¿cuándo pasa por él?

—Mañana a medio día.

—Perfecto —el vendedor tomó el cheque y volvió después de unos minutos con un recibo en la mano.

Lotzano se quedó un rato contemplando el automóvil y llegó a una conclusión: definitivamente, el bólido parecía haber sido diseñado para Viviana.


Desde aquel fatídico día que había descubierto a su marido con su amante ¡en su propia casa!, la señora Lotzano se sentía ausente. Le parecía que todo lo que estaba sucediendo a su alrededor era un sueño. Una película.

Aquel mismo día por la tarde había intentado hablar con su marido, pero éste no le había prestado la menor atención. Al final, enojada, lo había tomado por las solapas del saco y lo había increpado:

—¡Maldito canalla! ¿Cómo pudiste hacerme esto? ¡En mi propia habitación! ¡En el santuario de esta casa!

Él se le quedo mirando sin comprender de qué le hablaba. Ella continuó zarandeándolo y diciendo:

—No sólo me has sido infiel, sino que lo has hecho ¡en mi propia casa!, ¡con esa maldita ramera!

Esta vez, Lotzano comprendió toda la historia. No se explicaba cómo su mujer se había enterado de los hechos, pero antes de que cerebro coordinara las cosas, le dio una fuerte bofetada a Lucila Lotzano, quien retrocedió trastabillando para aterrizar finalmente en el piso.

Nadie iba a llamar ramera a Viviana. ¡Nadie!

La señora Lotzano sacudió la cabeza varias veces, tratando de aclarar sus pensamientos. Lotzano nunca antes le había puesto una mano encima.

Se puso de pie con dificultad y salió de la habitación. Lágrimas de impotencia y rabia le quemaban el rostro.

El jueves a mediodía, Lotzano se presentó en casa de los Casquivan. Fue la propia Viviana quien abrió la puerta. Lo miró unos segundos con absoluto desprecio y luego dijo:

—¿Qué quieres?

—Viviana, tienes que acompañarme. Debo mostrarte algo.

—No. No quiero nada contigo. No me gusta que se burlen de mí.

—¡Por favor, mi vida!, ¡acompáñame!

—Yo no soy tu vida.

—¡Te lo suplico!

Viviana se imaginó que el tipo quería explicarle por qué no le había comprado el automóvil o bien hacerle saber que se lo compraría pronto. De cualquier forma, como no tenía nada mejor que hacer, lo acompañó.

Cuando iban saliendo del edificio, la señora Lotzano se encontraba cerca de la puerta, pero no la vieron.

Caminaron hasta la agencia automotriz y Viviana dijo:

—No quiero entrar allí. Me hiciste pasar el peor de los ridículos el otro día.

—Sólo déjame preguntar algo.

—Aquí te espero.

Lotzano volvió al minuto siguiente y preguntó:

—¿De veras te gusta mucho el auto?

—¿Tú qué crees?

—Bueno. ¿Entonces por qué no entras por él y te lo llevas?

Diciendo esto, hizo tintinear las llaves en una mano.

Viviana abrió los ojos desorbitadamente y esbozó una enorme sonrisa.

—¡No es cierto!

—¡Claro que sí! Es tuyo.

Viviana abrazó a Lotzano y le dio un sonoro beso en los labios. Por primera vez, no sintió asco.


Lucila Lotzano había seguido de cerca a la pareja. No comprendía nada de lo que estaba sucediendo a su alrededor, pero cuando vio que Viviana besaba a Lotzano y luego salían juntos a bordo del automóvil nuevo, lo poco que quedaba en pie de su mundo se vino abajo estrepitosamente.

Volvió a su apartamento y al entrar a su habitación le vino un ataque de histeria. Deshizo la cama por completo y desgarró febrilmente las sábanas. Después, jadeando, se sentó en la cama un par de minutos, con la vista perdida en el espacio.

Finalmente, tomando en sus manos los restos de una de las sábanas, se fue al cuarto de baño, amarró la sábana a la regadera y a su cuello y se colgó.

Su último pensamiento fue que aquello no estaba sucediendo en realidad y que, de un momento a otro, despertaría en su cama, al lado de su fiel marido.

Al ir descendiendo el ataúd, Lotzano se sentía liberado. Lucila se había quitado de en medio voluntariamente. Ahora sería más fácil casarse con Viviana; pero además, su mujer tenía un seguro de vida por doscientos mil pesos, así que las cosas se resolverían a la perfección. Repondría el dinero del sindicato y todo volvería a la normalidad, sólo que con Vivianita ocupando el lugar de la odiosa Lucila.

Virgen ya se encontraba demasiado débil cuando recibió la noticia de la muerte de su madre y entró en estado de shock. Deliraba todo el tiempo y hubo que internarla en el Hospital de Nutrición.

Purísima no se explicaba la actitud de su madre y terminó por convencerse de que la pobre señora había perdido la razón. Sin embargo, no sentía que la extrañaría demasiado. A últimas fechas, se habían distanciado bastante.

Fidel lloró amargamente durante el velorio y el entierro. Parecía un niño pequeño, indefenso. Aunque se encontraba presente, Tita no podía consolarlo, pues había que guardar las apariencias.

El señor Casquivan asistió al entierro en su silla de ruedas, con una manta cubriéndole las rodillas y de cuando en cuando daba sorbos a su anforita.

Lotzano no creía lo que acababa de escuchar.

—¡No puede ser! ¡Debe haber algún error!

—Me temo que no, señor Lotzano. La póliza lo establece claramente: no se paga suicidio hasta después de dos años y un día de haber adquirido el seguro. Su esposa —que en paz descanse— había contratado el seguro hace un año y once meses.

"Hija de su puta madre", pensó Lotzano, "se podía haber esperado unos días más".

—¿No habrá forma de arreglarlo?

—¡No lo entiendo, señor!

—Bueno… Usted sabe… Estas cosas…

—Me temo que no, señor Lotzano. Ahora, si me disculpa, tengo otros asuntos qué atender.

Lotzano salió de la compañía de seguros con el alma en el piso. La muerte de su esposa no solamente no le había producido un solo centavo, sino que además le había hecho gastar casi treinta mil pesos entre velorio y entierro.

Estaba frito.


Casquivan volvió a salir a la calle, pero no descuidó sus partidas de póquer en su apartamento, ya que le producían buenos y constantes ingresos.

Una tarde que llegaba al edificio, se encontró al pensativo Lotzano.

—Mi querido amigo, ¿por qué tan cabizbajo?

Lotzano lo miró unos instantes como si no supiera de quién se trataba, luego acertó a responder:

—Problemas, vecino. Problemas y más problemas.

—¡Vamos! ¡Vamos! ¡Reanímate! Está bien que hayas sufrido una gran pérdida, pero la vida debe seguir su curso.

—¿Cómo dice?

—Debes volver a empezar.

—No me refería a mi esposa. Mis problemas son de dinero. Y muy graves.

—¡No me digas!

—Sí.

Casquivan tardó exactamente cinco minutos en convencer a Lotzano de que la solución de sus problemas estaba en el póquer. Además, él mismo le enseñaría a jugar.


El auto deportivo de Viviana trajo consigo otros gastos. Si se transportaba en un coche de esa categoría, Viviana no podía vestirse como una sirvienta, ¿verdad? Así que una noche, después de haber fingido placer como una loca al ser penetrada por el minipene de Lotzano, se levantó de la cama y procedió a cepillarse el cabello frente al tocador que alguna vez había sido de Lucila Lotzano y dijo:

—Voy a necesitar algo de dinero. Estoy hecha una facha.

Viviana había escogido el momento exacto para hacer el comentario. Lotzano podía admirar sus hermosas tetas reflejadas en el espejo, y en directo sus bellísimas nalgas, oscilando mientras se cepillaba el cabello, completamente desnuda.

—Claro que sí, Viviana. ¿Cuánto quieres?

—No quiero abusar de ti, ¡eres tan lindo conmigo! ¿Te parece bien veinte mil pesos?

Los testículos de Lotzano sufrieron una dolorosa contracción. Estuvo a punto de decirle a Viviana que sería imposible conseguir tal cantidad, pero tan sólo contemplar aquel escultural cuerpo, el macho que todos llevamos dentro habló por él:

—El lunes en la tarde tendrás el dinero, mi amor.

Viviana lo miró a través del espejo y le lanzó un cálido beso con sus sensuales labios.

El estado de Virgen se agravó sobremanera. Padecía de anorexia. La chica parecía un cadáver ambulante. Durante sus escasos momentos de lucidez, suplicaba que mandaran llamar a Deseo.

Deseo, mientras tanto, había conocido a una chicana de cuarenta años en San Antonio y había decidido pasar una temporada allá. La tipa no estaba de mal ver, era viuda, tenía tres restaurantes de comida típica mexicana y un Mercedes Benz.

El debut de Lotzano como jugador de póquer fue todo un éxito. La primera noche se levantó ganando más de cinco mil pesos. A la noche siguiente, la fortuna volvió a sonreírle y ganó dos mil.

A este paso, pensaba, muy pronto podría reintegrar a la caja del sindicato todas las exacciones que había hecho.

La primera semana terminó ganando nada menos que quince mil pesos. Sin embargo, la fortuna no tiene dueño. Para el miércoles siguiente, ya le debía veintisiete mil pesos a Casquivan.

Ese mismo miércoles, Fidel huyó con Tita, se casaron en Taxco y se fueron de luna de miel a Acapulco.

La mala suerte golpeó finalmente la línea de flotación del buen Lotzano.

Debido a la crisis económica por la que atravesaba el país, hubo un considerable recorte de personal en la fundición donde trabajaba.

Los obreros despedidos se presentaron con Lotzano, exigiendo sus cajas de ahorros y sus fondos de pensiones. Si se hubiera tratado de unos cuantos, no habría habido un gran problema, pero los perjudicados eran más de cincuenta. Por si fuera poco, eran los más viejos, con lo cual eran también los que más dinero tenían ahorrado.

Al enterarse de la noticia, el pánico se apoderó de Lotzano y lo obligó a pasarse una mañana entera vomitando o sentado en el retrete alternativamente, víctima de una diarrea atroz.

El póquer no lo había sacado de problemas, sino que lo había hundido aún más. Gracias a la baraja, Lotzano había tenido que defraudar otros cuarenta y nueve mil pesos.

Al no haber dinero en caja, el presidente del sindicato ordenó una auditoría y todo el asunto quedó al descubierto.

El presidente del sindicato y el director general de la fundidora llegaron a un acuerdo con Lotzano: si reparaba el daño, no ejercerían acción penal en contra de él, con lo cual evitaría ir a parar a la cárcel. Pero no podían tener a un ratero trabajando con ellos, así que lo despedirían, por supuesto, sin indemnización alguna.

Después de darle muchas vueltas en la cabeza, Lotzano encontró la única solución a su problema: vender su apartamento.

Sin embargo, al encontrarse presionado por el factor tiempo, lo tuvo que vender casi en un treinta por ciento menos de lo que había pagado por él.

Lógicamente, al no contar con dinero para los caprichos de Viviana, ésta lo mandó directamente a la mierda.

—Pero, Viviana, tú me amas. Me quieres. Me lo has dicho muchas veces.

Ella soltó una sonora carcajada y le dijo:

—¿Yo enamorada de ti? ¿Por qué? ¿Por el descomunal tamaño de tu pene? ¡Por favor! No eres más que un viejo pesado y ridículo.

Él montó en cólera y lo primero que se le ocurrió fue decir:

—¡Ah! ¿Sí?, entonces devuélveme el coche.

—El coche es mío. La factura está a mi nombre.

Era cierto. En medio de su pasión, había querido lucirse por completo y había hecho que los papeles salieran a nombre de ella. Estaba completamente derrotado.

Viviana abrió la puerta del apartamento y ordenó:

—Lárgate, me das asco.

Nunca más volvió a verla.


Virgen falleció unos días después. El reporte médico decía que había muerto víctima de la anorexia, pero la verdad es que se había muerto de amor.

Deseo hacía tiempo que se había olvidado de ella.


Purísima fue capturada por la policía de narcóticos un día que iba saliendo del departamento del Pollo con una buena cantidad de cocaína y marihuana en su bolso. Fue acusada de posesión, consumo y tráfico de estupefacientes. Además, tenía en su poder varios objetos robados.

Una juez federal la condenó a once años de prisión.

\* \* \*

Las cosas no les fueron bien a Fidel y a Tita económicamente y ella volvió a la prostitución. Una noche, Fidel fue a recogerla al antro donde trabajaba y tuvo la desgracia de encontrarse con que un tipo estaba molestando a su esposa.

En un arranque de furia, le propinó una fuerte patada de karate en la cara, matándolo instantáneamente.

Fidel huyó a Guatemala y no volvieron a saber de él.

Con el poco dinero que Lotzano logró salvar, se compró un diminuto apartamento de interés social y nunca hizo amistad con ninguno de sus vecinos. Había sido despedido de su empleo —por ratero— y, para sobrevivir, adquirió un carrito de *hot dogs* el cual trabajaba él mismo.

Casquivan se consiguió otra concubina en el burdel que frecuentaba. Se llamaba Ani y tenía treinta y cinco años.

Los nuevos inquilinos del cuarto piso eran una pareja joven con dos niños de cuatro y seis años.

Se mudaron un sábado.

El jueves siguiente, Adonis le vendió a la señora dos boletos para la rifa de un juego de copas de cristal francés.

En señal de buena vecindad, Adonis le obsequió a la atractiva señora uno de los boletos.

# CORNELIA

EL SOL YA HABÍA salido hacía más de media hora cuando Cornelia se levantó de la cama y se dirigió al cuarto de baño. Después de orinar se metió en la ducha y comenzó a bañarse con agua muy caliente, la cual fue combinando paulatinamente con fría, hasta que al final sólo salía agua helada. Esta era una técnica básica para conservar los tejidos firmes.

Salió tiritando y se secó frotándose vigorosamente todo el cuerpo, lo cual contribuía a activarle la circulación y acentuar la tersura de su blanca piel.

No se había lavado la cabellera porque esto formaba parte de otro rito más elaborado, el cual empezaba todas las noches a las siete.

Por un momento se contempló el cuerpo entero en el espejo del vestidor.

A sus veintiocho años era una mujer muy hermosa, sin embargo, su belleza no se la debía exclusivamente a la naturaleza, sino a una férrea disciplina que consistía en rutinas de ejercicio físico y prácticas embellecedoras que a veces llegaban a fatigarla en extremo.

Todo trae una compensación en la vida, por eso no tenía ni

un gramo de celulitis, sus senos se conservaban redondos y firmes y su rostro no revelaba arruga alguna.

Mientras tanto en la habitación contigua, Federico seguía durmiendo. Ella lo observó por unos instantes. Su respiración era uniforme y su rostro exhibía placidez. Federico era un buen hombre y un excelente cliente. Cornelia lo había conocido cuatro años atrás, en una despedida de soltero. Desde aquella ocasión, él siempre la había tratado como a una dama. De vez en cuando la llamaba y salían juntos a cenar, siempre respetando el profesionalismo de ella y, aún cuando no terminaran en la cama, Federico invariablemente le pagaba por su tiempo.

En una ocasión Federico la había invitado a pasar unos días en el lujoso Hotel Plaza de Nueva York y ella se había sentido como la Cenicienta junto a su príncipe. También en aquella ocasión, Federico había insistido en cubrir los honorarios de ella. Cornelia, con el tiempo, había llegado a apreciarlo y se habían convertido en buenos amigos.

Cornelia salió del apartamento de Federico y el conserje la saludó familiarmente:

—Buenos días, señora.

—Buenos días, Isidro.

—Su coche ya está lavado —dijo, mientras le entregaba su llavero.

Cornelia se despidió y se dirigió a su propia morada, localizada en una colonia menos lujosa.

No le gustaba conducir porque mientras lo hacía, invariablemente pensaba en su vida, en su profesión y en que —a pesar de los ejercicios y afeites— tarde o temprano se convertiría en una vieja, en una puta vieja. Estos pensamientos la entristecían sobremanera.

Cuando finalmente entró en su apartamento, se encontraba ya bastante deprimida. Por eso solamente comió a medias un emparedado de jamón, ingirió dos Valiums y se acostó. Quince minutos después, dormía profundamente.

Federico, mientras tanto en su apartamento, había sido despertado por el timbre del teléfono. Se trataba de su madre, que lo llamaba para comunicarle que Néstor, su hermano menor, había tenido un accidente automovilístico y si bien no le había sucedido nada, se encontraba detenido en una delegación.

Como Federico era el hermano mayor de la familia, su madre siempre recurría a él cuando se presentaba algún problema.

Se duchó rápidamente y se vistió, saliendo raudo a rescatar a Néstor de las garras de la ley.

A diferencia de Cornelia, a Federico sí le gustaba manejar porque le daba tiempo para pensar. Últimamente su hermano Néstor se había convertido en un verdadero y frecuente dolor de cabeza. Apenas iba a cumplir los treinta años y ya era un alcohólico consumado. De seguro que el accidente de la noche anterior había sido causado por su dipsomanía.

Todo comenzó cuando Dolores —la esposa de Néstor— se largó con el saxofonista de un grupo de rock. Esto había ocurrido hacía casi un año. A partir de entonces, Néstor sólo encontraba cierto tipo de consuelo en la botella.

Al principio, Federico consideraba que la actitud de su hermano era normal, pero al ir pasando el tiempo, se dio cuenta de que el peligroso hábito había llegado para quedarse.

Ya era demasiado. Si en esta ocasión Néstor había salido ileso, la próxima vez quizás sería peor —no sólo podía herirse él mismo, sino que se arriesgaba a involucrar a alguien más, arruinando en esa forma su vida y la de otros para siempre.

Mientras entraba al estacionamiento de la Delegación, Federico se propuso terminar con el problema de su hermano de una u otra forma.

El accidente de Néstor no había tenido serias consecuencias y el seguro pagaría los gastos de la reparación de ambos automóviles, sin embargo, Federico quería hablar seriamente con su hermano, como lo había hecho ya varias veces durante el último año.

Lo invitó a desayunar y mientras bebían café le dijo:

—Néstor, lo de anoche fue sólo un aviso. La próxima vez puede acarrearte consecuencias fatales a ti tanto como a algún inocente que se te cruce en el camino.

Néstor evitó mirar a su hermano.

Federico continuó:

—Sabes que te quiero. Todos te queremos y por eso deseamos ayudarte —dio un par de sorbos a su café y continuó—: Néstor, tus finanzas están en la calle. Tus deudas se acumulan una tras otra. Tu físico se ha deteriorado considerablemente. Te estás suicidando.

Néstor continuó bebiendo su café con manos temblorosas.

Con lástima, Federico observó que su hermano requería de ambas manos para sostener la taza, como si se tratara de un paciente con el síndrome de Parkinson.

—Néstor, necesitas ayuda profesional, yo estoy dispuesto a pagártela. Es conveniente que consultes con un psiquiatra.

Néstor lo perforó con una mirada, mientras decía con voz ronca, despidiendo un repugnante olor a alcohol:

—No estoy loco.

Federico se exasperó. Aquella conversación se había repetido muchas veces anteriormente.

—No te preocupes. Sigue como vas y muy pronto vas a estarlo.

—No te preocupes tú. Tal vez lo mejor que podría pasarme sería eso, perder la razón.

—¿A causa de una puta de tercera que se larga con un músico de segunda?

Néstor fijó por unos segundos sus ojos inyectados de sangre en los de su hermano y sin decir nada más, se levantó y se marchó.

Federico no intentó detenerlo. Debía existir una salida para aquel problema y se propuso encontrarla.


Aquella noche, Cornelia abrió los ojos a las siete. No necesitaba despertador porque su cerebro poseía un reloj perfectamente cronometrado.

Se dedicó a practicar sus ejercicios habituales: abdominales, pesas, sentadillas. A las ocho y cuarto se introdujo en el baño sauna con una botella de agua mineral en la mano. A las ocho y media se dirigió a la ducha. Siempre con el agua muy caliente al principio, bajando la temperatura gradualmente hasta llegar al agua helada, continuaba aguantando todo lo que un ser humano es capaz de soportar. Adentro de aquel polo norte continuaba con el shampoo, enjuague y el aseo meticuloso de aquellas partes de su cuerpo que le daban para vivir. Después del acostumbrado secado de piel vigoroso, seguía con la rutina del maquillaje, el cual no era en absoluto exagerado. No le gustaba estropearse la piel con exceso de pinturas.

A las diez y cuarto se bebió un vaso grande de leche con un complejo de vitaminas y proteínas. Aprovechó el líquido para tragarse una anfetamina.

A las diez y media el teléfono sonó. Era uno de sus clientes:

—Tenemos una pequeña reunión de amigos. ¿Puedes venir?

—Sí. ¿La dirección?

La mujer anotó rápidamente el domicilio. Era una zona de la ciudad que conocía a la perfección. Sólo los hombres adinerados podían permitirse el lujo y el gusto de contratarla.

Aunque Cornelia se había independizado hacía dos años, su carrera había comenzado hacía más de ocho. Fue convencida por una amiga para inscribirse en una escuela de modelos. A causa de su esbelta figura y bello rostro, muy pronto empezó a recibir ofertas de todo tipo: desde modelar ropa interior hasta irse a la cama con algún fabricante o un rico comprador.

Ganaba bien como modelo, pero los billetes grandes estaban en el despacho de un supuesto promotor, quien no tardó en convencerla para que modelara semidesnuda en algunas fiestas —como edecán, decía el tipo— y por fin Cornelia terminó metiéndose en la cama por dinero.

Tiempo después, cuando su agenda de clientes se encontraba bien surtida, decidió no darle más comisión a su agente y se puso a trabajar por su cuenta.

Con tantos años de especialidad, se había convertido en una auténtica profesional. Sus reglas de juego eran absolutamente claras y los hombres que la contrataban las sabían. Si se trataba de una recomendación, lo primero que Cornelia hacía era recitar dichas reglas, antes de empezar cualquier relación: Ella podía desnudarse frente a la cantidad de hombres que hubiera presentes, sin importar el número, pero para acostarse con ellos, a cada uno le cobraba sus honorarios.

Si los asistentes a una "reunión" deseaban meterse con ella dos o más a la vez, la misma regla aplicaba, debía cada uno pagar lo suyo. No permitía que la golpearan. No toleraba sexo anal ni que le introdujeran ningún objeto extraño.

Cuando por fin Cornelia llegó a la dirección indicada, se dio cuenta de que se trataba nada menos que de una mansión. Afortunadamente no era ella la única mujer ahí. Esto siempre resultaba conveniente pues, entre mayor fuera el número de prostitutas presentes, menores las probabilidades de ser violada o golpeada.

El individuo que la había citado se acercó a ella y antes de presentarla a los asistentes, le ofreció un poco de cocaína.

Cornelia aspiró la droga con agrado y casi de inmediato empezó a sentirse muy bien. Entre alcohol, drogas y sexo, la fiesta transcurrió como tantas otras. A las ocho de la mañana, abordó de nuevo su automóvil y se dirigió a su casa con una considerable cantidad de dinero en el bolsillo.

Mientras tanto Federico se había pasado todo el día pensando de qué manera resolvería el problema de Néstor. Se sentía terriblemente deprimido y padecía una enorme soledad. A las once de la noche no pudo más y decidió llamar a Cornelia. Necesitaba estar con ella. Necesitaba estar con *alguien*.

El teléfono sonó una docena de veces y al ver que la chica no contestaba, Federico entonces se tomó un comprimido de Ativán y se marchó a dormir.

Y soñó.

Soñó con Cornelia y con Néstor ¡Que extraordinario! En el sueño, la chica no tenía relaciones sexuales con él, sino con su hermano. Y, sorpresivamente, Néstor se veía contento, satisfecho y sobrio —como hacía tiempo no lo había visto.

Al día siguiente, cuando despertó, ya tenía la solución al problema de su hermano: Cornelia.

Cornelia tomó su ducha matutina y desayunó un par de rebanadas de jamón y un yogurt. Gracias a la anfetamina y el exceso de cocaína que había inhalado la noche anterior, se encontraba demasiado despierta, así que encendió el televisor y, antes de meterse a la cama, ingirió dos comprimidos de Valium.

A las seis de la tarde el sonido del teléfono la volvió al mundo de los vivos. Se encontraba aún muy amodorrada y le dolía todo el cuerpo. ¿Qué era aquella maldita campanilla? Tardó varios segundos en ubicarla y por fin levantó el auricular:

—¿Sí?

—¿Cornelia?

—Lo que queda de ella, ¿quién es?

—Federico. Necesito verte.

—Pues vas a tener que esperar por lo menos cuatro horas. Por la manera en que me estoy sintiendo, va a pasar mucho tiempo antes de que me encuentre presentable.

—Te espero en mi apartamento a las ocho. Quiero platicar contigo sobre algo importante.

—¿Qué horas son?

—Las seis.

—Te veo a las nueve.

—Perfecto. Nueve en punto.

—Hasta entonces.

Cornelia se dirigió a la cocina y tomó una anfetamina y dos aspirinas acompañadas de una Coca Cola helada. Diez minutos después se sentía bastante bien y procedió a su rutina de ejercicios y baño; sólo pasó por alto el maquillaje, pues sabía que Federico la preferiría completamente al natural.

A las nueve en punto estaba tocando el timbre del apartamento de su amigo.

Como era su costumbre, Federico la recibió con un beso en la mejilla y le ofreció algo de beber, Cornelia pidió una Coca Cola y un café expreso.

Una vez servidas las bebidas, Federico fue al grano.

—¿Me consideras tu amigo?

La pregunta tomó por sorpresa a la bella mujer y sólo acertó a levantar las cejas.

—Sí, te considero uno de mis pocos amigos. ¿Por qué la pregunta?

—Porque necesito pedirte un favor muy especial.

La chica lo miró sorprendida. El hombre frente a ella era millonario y muy seguro de sí mismo. ¿Qué favor le podía solicitar a una meretriz?

—¿De qué se trata?

—Tengo un hermano que es alcohólico. ¿Te he platicado alguna vez sobre él?

Cornelia negó con un movimiento de cabeza.

—Bien, da lo mismo. El caso es que se encuentra muy alterado. Trabaja muy poco, debe dinero, no le importa nada y, lo que es peor, hace un par de días tuvo un accidente conduciendo en estado de embriaguez. Me temo que de seguir así, va a cometer una gran imbecilidad.

Cornelia asintió, comprensiva. Nunca le había tomado gusto al alcohol, pero conocía varios casos de prostitutas que ahogaban sus vidas en la bebida, y eran realmente patéticos.

Federico encendió un cigarrillo y continuó:

—El favor es éste: te pido que dejes tu trabajo por una temporada y te dediques exclusivamente a conquistar a mi hermano y, lo más importante, quiero que lo hagas dejar el alcohol.

Cornelia encendió a su vez un cigarrillo, mientras observaba a Federico, tratando de descubrir si todo aquello no era más que una absurda broma.

Federico permaneció serio y agregó:

—Por supuesto que no te verás afectada económicamente. Yo…

Cornelia lo interrumpió con un gesto de su mano. La noble mujer en verdad lo consideraba su amigo y, en cuestión de valores, la amistad valía más que el dinero. Dijo con un gesto de nobleza:

—No es por el dinero, pero lo que me pides es un poco extraño. Necesito pensarlo.

—No es necesario que me contestes hoy, Cornelia. Sólo te pido que lo pienses bien, porque para mí la situación de mi hermano es un problema grave. Es el único hermano que tengo y no quiero perderlo. Mucho menos de esta forma.

Ella se levantó y fue hasta el ventanal, desde donde se tenía una vista magnífica de casi toda la ciudad.

Después de unos minutos, dijo:

—Déjame pensarlo. Te llamo mañana, ¿de acuerdo?

—Por supuesto —concedió Federico, agradecido por la comprensión de la mujer. Cualquier prostituta sólo por el dinero hubiera aceptado de inmediato la oferta. Pero Cornelia no era cualquier prostituta. Era una dama.

Federico la acompañó hasta la puerta y la despidió con un beso en la mejilla.

Cornelia volvió a su apartamento, y a las a diez y media de la noche, uno de sus admiradores la llamó para invitarla a su casa.

Argumentando tener otro compromiso, la chica se negó.

Se pasó una buena parte de la noche pensando en la proposición de Federico y, a las cuatro de la mañana, se quedó dormida sin necesidad del acostumbrado Valium.


Federico conocía bien a Cornelia y por esa razón se había atrevido a proponerle el asunto de Néstor. Sabía que Cornelia era mucho más mujer que aquella que había abandonado a su hermano, sumiéndolo en el alcohol.

Si bien los gastos serían enormes, no pensaba escatimar en absoluto con la integridad física de su consanguíneo.

Todo aquello no era más que una idea, un experimento, pero todos sus intentos anteriores por rescatarlo habían fracasado: Néstor no había accedido a consultar a un especialista o internarse en una clínica y —mucho menos— inscribirse en un grupo de alcohólicos anónimos. Así que ésta podía ser la solución y había que probarla.

No quiso presionar demasiado a Cornelia, pero deseaba saber qué había pensado, así que la llamó y la invitó a cenar.

Una vez instalado en las cómodas butacas de un restaurante, le preguntó:

—¿Y bien…?

Cornelia le dio unos sorbitos a su Coca Cola fría y se tomó el tiempo para encender un cigarrillo. Finalmente dijo:

—En principio, cuenta conmigo; sin embargo, quiero plantearte ciertas condiciones.

—Tú dirás.

—Si el "trabajo" me resulta muy desagradable, tendré que dejarlo. Además, no tengo la menor idea de cómo tratar a un alcohólico. Es cierto que habitualmente mis clientes se encuentran medio borrachos o tal vez drogados —o ambas cosas—, pero no se trata de una relación de varios días o semanas, sólo de horas, con lo cual es muy llevadero todo el asunto. En este caso en especial, no sé cómo voy a reaccionar.

—De acuerdo —concedió Federico, contemplando con admiración a la bella mujer.

—Algo más. He pensado que aún en el supuesto de que lo conquiste y se enamore de mí, ¿no volverá a lo mismo el día en que yo dé por terminada mi relación con él? ¿No será esto aún peor?

—Eso déjamelo a mí —dijo Federico, convencido—, si logras hacer que deje de beber el tiempo suficiente para que consulte a un psiquiatra, ya tendremos la mitad de la partida ganada. Entiendo tu preocupación y te lo agradezco; pero si no intentamos nada ahora mismo, Néstor puede acabar muy mal. Es capaz de cualquier cosa.

—Bien, entonces, de acuerdo. ¿Cuál es el plan?

—Néstor no debe saber que nos conocemos y, desde luego, tampoco debe enterarse de cuál es tu profesión.

Estas palabras podrían sonar un poco ofensivas, pero Federico las pronunció con todo respeto.

—Correcto. ¿Cómo entro en contacto con él?

—Saca una cita. Néstor es ginecólogo.


Cornelia obtuvo una cita al día siguiente e incluso pudo escoger la hora, porque a todas luces, se notaba que el doctor no tenía demasiada clientela. Cuando le preguntaron quién la recomendaba:

—Una amiga del club. No recuerdo su apellido. María algo.

A las seis de la tarde del día siguiente, Cornelia se presentó en el consultorio y a las seis y cinco se encontraba ante Néstor.

Lo había imaginado regordete, con un vientre prominente y la nariz llena de venas reventadas a causa del exceso de alcohol. Sin embargo, se sorprendió. Néstor era un hombre alto, más bien delgado, de nariz recta —sin reventar— y —algo que agradó sobremanera a Cornelia— Néstor era sumamente atractivo: sus ojos parecían los de un niño sorprendido y muy inteligente.

Si no hubiera tenido los antecedentes que tenía acerca de él, Cornelia se habría imaginado que toda la historia que Federico le había contado era una broma de mal gusto.

Sin embargo, mientras el ginecólogo le hacía las preguntas concernientes a la historia clínica, Cornelia, captó en el éter el aroma inconfundible del alcohol. Si bien el ginecólogo no lucía ebrio y hablaba con claridad, sus palabras salían envueltas en humores etílicos.

Cornelia le dijo que en días pasados se había palpado una bolita en la mama izquierda y que esa era la razón de su consulta. Después de un breve interrogatorio, Néstor hizo pasar a la bella fémina a un cubículo de exploración, donde una enfermera le proporcionó a la dama una batita y le pidió que se desvistiera de la cintura hacia arriba.

Cuando estuvo lista, Néstor se presentó y la auscultó.

Cornelia notó un par de cosas: el pulso del ginecólogo no era del todo estable y, el aroma que despedía ahora, era de alcohol fresco, como si hubiera bebido un trago mientras ella se desvestía. Nestor comenzó a examinarla de una forma concienzuda y profesional.

Al final, le pidió que se vistiera, mientras él se volvía al despacho.

De nuevo en la oficina, Néstor le preguntó:

—¿Toma anticonceptivos?

—No

—¿Algún tipo de hormonas?

—No.

—¿Calcio, en alguna forma?

—Tampoco.

—Bien. Aparentemente no hay nada. Sin embargo, para estar seguros le voy a mandar hacer un mamograma. No perdemos nada con eso. ¿Le parece?

—Claro que sí

La atención del doctor le pareció agradable y dulce, como

si la conociera de mucho tiempo. De no ser por el aliento alcohólico —pensó Cornelia— al ginecólogo seguramente le sobrarían pacientes.

Néstor garabateó unas cuantas palabras en una hoja membreteada y se la extendió.

—En cuanto tenga los resultados, llámeme de nuevo.

—Muy bien, doctor.

Cornelia se levantó para marcharse y al llegar a la puerta se volvió, esbozando una sonrisa de absoluta timidez y dijo:

—Perdón, doctor…

—¿Sí?

—Pensará que soy una tonta, pero… ¿le importaría que nos tuteáramos?

Néstor contestó enseguida:

—¡Por supuesto que no!

—Bien, hasta pronto, Néstor.

—Hasta pronto, Cornelia.


Néstor no solía tener relaciones con sus pacientes. De hecho, desde el desagradable día que Dolores se había marchado, no había tenido relaciones con ninguna mujer. Sin embargo, el perfume de Cornelia se le había quedado impregnado en el olfato, y la imagen de su bello rostro, incrustada en lo más profundo de su alcoholizado cerebro.


A pesar de que el mamograma resultó ser negativo, Cornelia insistió en que Néstor volviera a revisarla, sólo para estar segura.

—Soy un poco hipocondríaca, ¿sabes?, sobre todo desde que a una amiga mía le sacaron un seno a causa de un cáncer.

Néstor aceptó auscultarla de nueva cuenta, sólo para complacerla. La mujer en verdad le gustaba.

—Nada, absolutamente nada. No tienes de qué preocuparte, además, el estudio es cien por ciento confiable.

Aquella tarde no ocurrió más entre ellos.

Cornelia dejó pasar un par de días y lo llamó por teléfono.

—¿Néstor?

—Sí.

—Vas a pensar que soy muy atrevida, pero, ya que me tranquilizaste por completo, me siento en deuda contigo, ¿te gustaría ir a tomar una copa?, ¿quizás a cenar?

El ginecólogo no daba crédito a sus oídos. Algunas mujeres se habían insinuado con él a lo largo de su vida, pero ciertamente ninguna belleza como Cornelia. De inmediato aceptó.

—Me sentiré muy halagado.

—Te espero en mi apartamento a las nueve, ¿te parece?

A él le pareció estupendo y a las nueve en punto se encontraba en la puerta del apartamento de Cornelia. Desde luego para darse valor, antes de la cita ya había ingerido casi media botella de escocés.

Cornelia era una experta en asuntos de hombres. Conocía su naturaleza, advinaba y satisfacía sus gustos, sus instintos.

Sabía que hay dos formas de conquistarlos: haciéndose mucho de rogar, y luego dándoles de probar la fuente del amor y después negándosela constantemente hasta que llegaban casi a la locura.

Con Néstor, decidió que, sería él quien daría la pauta. Si en determinado momento lo notara carente de interés, entonces utilizaría sus encantos y su gran experiencia para conquistarlo.

Néstor se presentó con aliento alcohólico combinado con pastillas de menta. Esta combinación no le resultó del todo desagradable a Cornelia, además, iba impecablemente vestido y afeitado y despedía un delicioso aroma a colonia.

Cornelia, por su parte unos minutos antes, había ingerido una anfetamina porque deseaba manejar el encuentro bien despierta y con la mayor claridad mental posible.

Para una mujer como ella, existían de hecho dos mundos. De la misma manera que un médico utiliza un uniforme en su despacho y fuera de allí ropas de civil, lo mismo ocurría con Cornelia.

Para salir a una fiesta o una reunión "de trabajo", Cornelia vestía ropas llamativas, muy cortas y escotadas, pero fuera de su trabajo también tenía un guardarropa para su vida civil.

Así que recibió a Néstor ataviada con un vestido de lino blanco, de una pieza, que le quedaba justamente por encima de la rodilla. Lucía medias color carne y zapatos blancos de tacón. Llevaba el castaño y lacio cabello suelto y prácticamente nada de maquillaje. Parecía una mujer de veinte o veintiún años.

Néstor no pudo evitar una mirada apreciativa hacia la bella mujer que le ofreció algo de beber. Él rechazó la oferta. Sabía que si seguía bebiendo a esa velocidad, la noche para él terminaría rápidamente y —con toda seguridad— haría el ridículo. Ante una hembra como aquella, no podía permitirse tal lujo. Sugirió entonces que salieran de una vez.

Cornelia escogió un restaurante italiano, pequeño y muy acogedor. Ordenó su acostumbrada Coca Cola y Néstor un escocés con agua, el cual trató de conservar el mayor tiempo posible.

Cornelia, que se encontraba radiante, acaparaba las miradas de todos los presentes, por lo que el ginecólogo se sentía orgulloso de sí mismo al poder lucir a una belleza como aquélla.

Ella le comentó que se dedicaba a modelar y, a veces, diseñaba algunas prendas, pero su fuerte era el modelaje.

Él le dijo que se dedicaba a casi cualquier cosa en el campo de la medicina, ya que, debido a la crisis, la clientela escaseaba a últimas fechas. Desde luego, Néstor se abstuvo de mencionar que se trataba de *su* crisis.

—¿Y cómo es que una mujer como tú sigue soltera?

—Mi trabajo me absorbe todo el tiempo. Además, no he encontrado al hombre de mis sueños. ¿Tú eres soltero?

—Divorciado —Néstor omitió decir que el divorcio había sido por abandono de hogar, —a causa de un saxofonista.

Inspirado ante la belleza de la diva, Néstor controló su forma de beber y logró envolver a Cornelia en una conversación por demás interesante y amena. Hacía tiempo que no platicaba, sin embargo, las palabras fluían inteligentes y cautivadoras.

Cornelia por su parte, acostumbrada a las charlas soeces de sus clientes, encontró que la plática del ginecólogo era un oasis de ideas que no solía escuchar.

Cuando a la una de la mañana salieron del restaurante, la mujer se percató de que el tiempo se había pasado volando.

Entonces Cornelia lo invitó a subir a su apartamento.

Él aceptó.

Casi en silencio escucharon un poco de música mientras ambos bebían Coca Cola.

Néstor no quiso abusar de su suerte, así que unos minutos después se despidió.

Cornelia lo acompañó a la puerta y tomándolo de la mano con ternura, le preguntó:

—¿Quieres que nos veamos de nuevo?

—¡Por supuesto!

—¡Llámame!

—¿Tu teléfono?

—Debe estar en mi historia clínica, ¿no? —y en un gesto de deliciosa ternura, le dio un suave beso en los labios. Apenas un roce. Una caricia.

Al salir del edificio, Néstor sentía que caminaba a varios centímetros del suelo.

Cornelia ingirió un Valium y unos minutos después ya estaba dormida. Aquella noche soñó con el ginecólogo.


Al día siguiente, Federico se mostró muy interesado cuando Cornelia le relató lo ocurrido con el hermano. En un principio había pensado que a la mujer le disgustaría Néstor. Después de todo, la bella meretriz debería estar harta de tratar con borrachos y el hecho de endilgarle a uno casi de tiempo completo, no sería nada placentero. Pero lo que ella le decía lo dejó francamente sorprendido:

—Cenamos en un restaurante italiano. Solamente tomó cinco escoceses, lo cual según parece es una dosis normal, ¿no? Y, por último, fuimos a mi apartamento. ¿Sabes qué bebió allí?

—¿Qué?

—Coca Cola.

Federico había ideado el plan con la raquítica esperanza de que Néstor se interesaría por Cornelia. Ahora, de acuerdo a lo que ella decía, Néstor no sólo estaba interesado, sino que había controlado su forma de beber durante la cena, lo que llevaba mucho tiempo sin lograr.

Federico se sintió satisfecho, sin embargo, una punzadita de celos lo aguijoneó brevemente.

—Excelente —y agregó—: ¿te quedas a dormir?

—Me temo que no. Néstor quiere que veamos juntos una película en la televisión y quedó en llegar a mi apartamento a las diez y media.

—Bien.

Antes de que la mujer se despidiera, Federico dijo:

—No sabes cómo te agradezco lo que estás haciendo por mi hermano y… por mí.

Por toda respuesta, ella le acarició suavemente una mejilla con el dorso de su mano.

Cuando Federico cerró la puerta, experimentó una profunda soledad.


Cornelia y Néstor continuaron frecuentándose. Ambos habían cambiado por completo su forma de vivir. Iban al teatro, asistían a conciertos, salían de compras y, sobre todo, conversaban.

Muy pronto Cornelia se dio cuenta de que el doctor era un tipo extremadamente culto y agradable. Se divertía y se entusiasmaba a su lado. Y ahora se sentía protegida como nunca antes. Néstor la trataba con absoluto respeto y en ningún momento había tratado de propasarse; sin embargo, seguía bebiendo. Cuando llegaba a visitarla o pasaba a recogerla para ir a cualquier lugar, llegaba con aliento alcohólico, si bien en ningún momento se había extralimitado.

Néstor se había olvidado de Dolores desde el momento en que conoció a Cornelia, pero su personalidad continuaba requiriendo de la bebida para desenvolverse.

Despues de casi un mes de conocerla, estaba perdidamente enamorado de Cornelia y una noche, en el apartamento de la chica, intentó besarla en la boca.

De buena gana le hubiera correspondido, pues no le desagradaba en absoluto. Sin embargo, era una profesional y se le había contratado para hacer que el ginecólogo dejara el alcohol, así que con suavidad pero con firmeza rechazó a Néstor.

Él se sintió muy desconcertado. A todas luces, le gustaba a la dama y —según parecía— mucho. Queriendo saber la causa de la negativa le preguntó:

—¿Qué sucede, Cornelia? ¿Acaso no te gusto?

—Me gustas mucho, Néstor.

—¿Entonces?

—No me lo vayas a tomar a mal, pero te quiero contar una pequeña historia.

Él se acomodó en su sillón, disponiéndose a escuchar lo que la bella mujer diría.

—Mi padre era un alcohólico —mintió—. No necesariamente de esos tipos que se caen de borrachos o que desaparecen de casa durante varios días. Nunca llegó golpeado ni nada de eso, pero bebía bastante y casi todos los días. Yo era su adoración y siempre me trataba bien. Me besaba mucho, ¿sabes? Y una de las cosas que nunca he podido olvidar era su aliento. Invariablemente olía a alcohol. Perdóname Néstor, pero no soporto besar a un hombre que huele a alcohol.

Cornelia relató la pequeña mentira con tal naturalidad que Néstor la consideró sincera. Una punzada de culpa se le clavó en el corazón al ginecólogo. En ese momento se sintió como un cretino. ¿Cómo era posible que por un vicio absurdo se privara del placer que albergaba aquella hermosura?

—Lo siento. No debí intentarlo.

—Nada de eso. Ya te dije que me gustas mucho. Más de lo que te imaginas. No me importaría besarte, en absoluto, si no fuera por los recuerdos que tu aliento me trae a la memoria.

Él asintió suavemente varias veces. Se sentía como un escolar reprendido por la maestra. Se levantó, tomó su saco y dijo:

—Nos vemos, Cornelia.

Ella no sabía si aquellas palabras eran una despedida o un simple hasta luego, así que no quiso soltar presa y se apresuró a decir:

—Néstor, eres el hombre que más me ha gustado en mi vida.

Él asintió, reflejando por medio de una mueca una sonrisa mitad duda, mitad burla. Sin decir nada más, abrió la puerta y se marchó.

Inexplicablemente, Cornelia se sintió triste como nunca antes. Al marcharse Néstor tenía la sensación de que le arrancaban parte de su alma.

Durante dos días, estuvo tentada a llamar a Federico para notificarle que el plan había fracasado. Sin embargo, en el fondo sentía que el problema no era con Federico, sino con ella misma.

Jamás se había sentido tan a gusto con un hombre como al lado de Néstor. Independientemente de su semi ebriedad, era todo un caballero y se mostraba en extremo dulce hacia ella.

Su mirada de niño la cautivaba por completo.

Cornelia estaba acostumbrada a que los hombres la miraran

con deseo —y hasta con franca lascivia—, pero Néstor era distinto. Él la miraba como si se tratara de una indefensa princesa virgen, a quien había que proteger de la maldad de este cochino mundo.

Aquella misma noche, a eso de las nueve, sonó el teléfono. La meretriz pensó en no contestar, imaginándose que se trataría de uno de sus conocidos para invitarla a alguna reunión. Sin embargo, tomó el auricular:

—¿Sí?

—¿Cornelia? —era la voz de Néstor.

El corazón le empezó a latir aceleradamente, como si se tratara de una colegiala a la que invitan a su primera cita.

—Sí.

—Habla Néstor. ¿Te parecería bien que nos viéramos esta noche? No sé si sea importante, pero llevo dos días bebiendo exclusivamente Coca Cola. Creo que he subido tres o cuatro kilos de peso.

La bella mujer no pudo ocultar su emoción y con voz casi de niña dijo:

—¡Claro que sí! Dame sólo una hora. Aquí te espero.

Cornelia se duchó y se vistió rápidamente. Se sentía eufórica y triunfante: lo había logrado. ¡Néstor había dejado de beber durante dos días seguidos!

Pero su felicidad iba más allá. Sentía verdaderos deseos de verlo, de estar con él... de besarlo y acariciarlo. ¿Qué le estaba sucediendo?

Al verlo aparecer en la puerta, la fémina no pudo contener sus impulsos y se abalanzó a él, abrazándolo fuertemente y colmándole de besos todo el rostro. Parecía una esposa que recibía a su adorado marido después de meses de no verlo.

Él la tomó en sus brazos y la besó en la boca. Ella se percató de la ausencia del olor a alcohol y se entrelazaron en un prolongado y ardiente beso, seguido de otro y otro más, mientras ella iba guiándolo a ciegas hasta la alcoba.

Una vez allí, su naturaleza de mujer se impuso al profesionalismo de su carrera y lo dejó hacer. Néstor la acariciaba torpemente y con timidez la fue desvistiendo mientras la colmaba de besos.

Cuando Cornelia estuvo completamente desnuda, él se perdió durante un buen rato admirando la belleza absoluta de su amada. Por fin se desvistió en una fracción de segundo y ambos se metieron en la cama.

A lo largo de su vida, Cornelia nunca había llevado la cuenta de cuántas veces había sido penetrada, pero aquella noche descubrió algo realmente importante: por primera vez en su existencia sintió que se derramaba por dentro, en una gran cascada hirviente de amor. Por vez primera sentía lo que era un orgasmo. Por primera vez en su vida se sentía Mujer.

Al otro día fue Federico quien se comunicó con ella para preguntarle sobre el avance del plan.

Para entonces, Néstor llevaba varios días sin probar el alcohol.

Cornelia y Federico se entrevistaron aquella misma noche en el apartamento de él.

La chica omitió el hecho de que estaba perdidamente enamorada de Néstor y se concretó a decirle a Federico que su hermano ya no bebía más.

—Simplemente me resulta increíble.

—¿Por qué?, ¿no me creías capaz de conseguirlo?

—¡Desde luego que sí! Pero me imaginé que te llevaría más tiempo.

—Tu hermano llevaba casi un año comiéndose las entrañas por culpa de Dolores. De pronto llegó otra mujer a su vida. Una mujer de carne y hueso, no una fantasía, y lo hizo sentirse hombre de nueva cuenta, así que el alcohol ya no es necesario, pues ya no tiene que olvidar nada.

—Bien. Hablaré con él y le pediré que visite a un psiquiatra. Seguramente accederá.

Cornelia hizo un gesto de sorpresa y preguntó:

—¿Un psiquiatra?, ¿para qué?

—Mira Cornelia, la cosa no es tan sencilla. Es como si se tratara de un tipo que estuvo a punto de ahogarse. Tú te encargaste de darle los primeros auxilios, ahora es necesaria una terapia para revivirlo.

—¡Pero si él está vivo!

Tú no te preocupes, déjamelo a mí; de momento sigue el juego, espera hasta que se encuentre bajo tratamiento y ya veremos la forma en que te deshagas de él.

Cornelia observó a Federico como si se tratara de una persona a la que acabara de conocer. No parecía el mismo hombre de hace unas semanas.

Federico dijo entonces:

—¡Quédate a dormir! ¡No sabes cómo te he echado de menos últimamente!

Cornelia había sido prostituta varios años. La nueva Cornelia apenas llevaba unos cuantos días siendo mujer y esa nueva mujer no podía tolerar que la trataran como a un objeto, no podía permitir que la usaran.

—¡No! —contestó secamente.

Federico se mostró sorprendido. Desde que la conocía, ella nunca se había negado a estar con él. Incluso en alguna ocasión había cancelado otros compromisos para poder pasar la noche a su lado. De pronto se sintió muy irritado y le gritó:

—¿No?, ¿por qué no?

—Porque no tengo ganas de pasar la noche contigo.

—¡Ah!, ¿no? ¿Y desde cuándo se trata de tener ganas?

Federico estaba convertido en un energúmeno. Por primera vez no la trataba como a una dama, sino como a una puta.

Cornelia se levantó y se dirigió a la puerta. Él la interceptó y se interpuso entre la hoja de madera y la mujer. Entonces, más tranquilo, dijo:

—Perdóname, nena, no quise insultarte. Es que durante este tiempo me he dado cuenta de que eres para mí mucho más que una simple acompañante. ¡No te imaginas cómo llenas mi vida! Ahora que no te he visto me he dado cuenta, te he extrañado. Y cada día te extraño más.

Cornelia estaba sorprendida. Sabía —o creía saber— que eran amigos, pero a un amigo no se le extrañaba de aquella manera.

—Lo siento —dijo— debo irme.

—Cornelia… ¡Por favor quédate…! Cornelia… Creo que te amo.

El hombre parecía sincero. Aquellas palabras no salían de la boca de un macho caliente anhelando sexo, sino del alma de un hombre que ama a una mujer con sinceridad.

—Lo siento, Federico. No podría acostarme contigo. Yo también estoy enamorada.

—¿Tú? ¿De quién? —la cara se le encendió de celos.

—De Néstor.

—¿De Néstor?, ¿una mujer como tú enamorada de un alcohólico? ¡No sabes lo que dices! Mi hermano no es más que una piltrafa. Su personalidad está sostenida por un par de débiles alfileres. ¿Adónde crees que vas a llegar al lado de un borrachín irresponsable, saturado de alcohol hasta los huesos?

Cornelia sintió que le pasaban un hielo a todo lo largo de la espalda y el cabello del cuello se le erizó. Entonces le dijo, llena de ira:

—¡Federico! ¡Estamos hablando de tu hermano! ¡De tu único hermano! Y además, del hombre que amo: del único hombre que he amado a lo largo de mi vida. ¿Qué te sucede?

Federico pareció reaccionar, como si le hubieran lanzado un balde de agua fría a la cara.

Entonces abrió los ojos muy grandes como si se diera cuenta de lo que acababa de decir y dejó el paso libre para que Cornelia saliera del apartamento.

La mujer se marchó sin decir más.

Federico se dirigió al bar y se bebió de un trago medio vaso de escocés.


La boda de Néstor y Cornelia se llevó a cabo meses más tarde. El gran ausente fue Federico, quien se encontraba demasiado ebrio como para levantarse y asistir al evento.


Un día, durante la luna de miel, Néstor le comentó a Cornelia:

—Mi pobre hermano se ha convertido en un borrachín. Sólo cuando lo has vivido en carne propia sabes el infierno de que se trata. Pero tú me rescataste con tu amor. ¿Crees que po-

dría hacerse lo mismo con él? ¿Crees que alguna mujer estaría dispuesta, digamos, por dinero, a hacer que se enamorara de ella y lo sacara del lío?

Cornelia tardó unos segundos en responder:

—Puede ser, hay mujeres para todo en este mundo.

—Se trata sólo de una idea, pero podría dar resultado, ¿no?

# MÁTAME A BATAZOS

…Mátame a batazos
escupe a los pedazos
ultímame a balazos
recoge los retazos
mátameee… ¡a batazos!
conviérteme en pomada
de mí no dejes nada
destrózame por dentro
comienza por el centro
rómpeme las entrañas
válete de tus mañas
pero mátame… ¡a batazos!
No me dejes con hambre
sácame la sangre
acábame a trancazos
tómame en tus brazos
y mátameee… ¡a batazos!
Pero mátamee…
pero mátame…
¡a batazos!

KARLAH KARGHILL

*(Poemas de amor violento)*

* * *

MATEO NO HABÍA sido el misántropo que era desde un principio. No, nada de eso. De hecho, había consagrado una parte de su vida al bien ajeno y hasta llegó a ser un excelente cristiano, esto es: amaba a su prójimo como a sí mismo. Ni más ni menos.

Pero la vida cambia y las circunstancias en ésta también tienen demasiadas variantes.

Cada vez era más común escuchar alguna historia de violencia, y no precisamente violencia al estilo de la televisión, sino violencia *real,* de a de veras, en la ciudad más grande y contaminada del planeta.

La contaminación no se limitaba ya a cuestiones meramente atmosféricas. Al igual que el aire y el agua, la mente de los ciudadanos se encontraba completamente obnubilada, paranoica y agresiva, lo cual resultaba normal. Como el experimento aquel en el que se apila una cantidad determinada de ratas y se les da desde un principio la misma cantidad de comida, no importando cuánto se multipliquen. Entonces estos roedores comienzan a asesinarse unos a otros, incluyendo a sus crías, y terminan por practicar el canibalismo.

En la ciudad más grande del mundo era aún peor, pues no se trataba de un simple experimento con ratas, sino de una realidad cotidiana protagonizada por animales mucho más sofisticados: los seres humanos.

Mateo había ido creciendo a la par con la ciudad, la cual, cuando nació, era un lugar más o menos agradable para vivir. Recordaba en su infancia haber jugado fútbol en plena calle y cuando se acercaba un automóvil alguien gritaba: ¡coche! y todos se hacían a un lado y después de pasar el vehículo, el partido continuaba.

Había infinidad de solares baldíos en donde se podía hacer todo tipo de investigaciones propias de la infancia y en uno de ellos hasta se podían capturar pequeñas serpientes de colores llamativos que luego él vendía en la escuela a muy buen precio.

Sin embargo, al ir aumentando la población de humanos, así creció la cantidad de coches y todos los terrenos baldíos desaparecieron, y todo indicio de humanidad desapareció también. Pero aún quedaban resquicios de naturaleza. Algunas avenidas importantes tenían un camellón con pasto y palmeras donde se podía uno tirar a observar cómo pasaba el sol o la tarde. Posteriormente, estos camellones fueron igualmente arrasados, y se convirtieron en pavimento con rayas para hacer circular más y más automóviles.

Al aumentar el número de vehículos, crecieron igualmente el ruido, la emisión de humo y la histeria colectiva.

Ahora la ciudad era un maldito infierno.

En el infierno no hay ángeles buenos, así que Mateo decidió un buen día que no lucharía más contra la corriente, sino que se dejaría llevar por ella.

De hecho, la decisión ocurrió y fue forzada por un tipo en uno de esos pequeños cines múltiples que se reprodujeron como hongos en los años setenta.

La película estaba basada en un libro del célebre Truman Capote y versaba sobre la insufrible vida dentro de un penal norteamericano. Mateo había asistido a la función con su novia en turno, una mujer bajita, muy simpática, de grandes senos y estrechas caderas, que conocía bastante de cinematografía.

Todo iba muy bien hasta que a la mitad de la película arribó a la sala un tipo escandaloso —seguramente venía drogado o borracho o ambas cosas— y tuvo a bien —o a mal— sentarse justamente atrás de Mateo y su novia, no obstante de haber muchos asientos desocupados en otras partes de la pequeña sala.

Durante una escena donde los presos emprendían un ataque homosexual a un muchachito que acababa de ingresar a la prisión, el recién llegado exclamó en voz alta:

—Los putos… los putos…

Mateo permaneció callado, pero sintió que se le helaba la sangre. Expresarse así cuando había una dama a unos cuantos centímetros de distancia y con el tono de voz empleado, no significaba otra cosa más que una agresión abierta, sin embargo, él la dejó pasar. Mateo no era de carácter agresivo, pero sí era en cambio muy inteligente. Siempre pensaba en las consecuencias de sus actos.

Minutos después, durante otra escena violenta, a golpes, el energúmeno de la fila de atrás exclamó, también en voz muy alta:

—Los chingadazos… los chingadazos…

Mateo, que practicaba karate más como disciplina y deporte que para defensa personal, se puso tenso y estuvo a punto de levantarse y tentado a sacar a patadas —a chingadazos— al tipejo, pero una vez más y con trabajo, se contuvo.

Ahora la pareja no gozaba la película, sino que la sufría.

Él tomó una decisión: agarró a su novia de la mano y se levantaron para cambiarse de sitio.

El desgraciado dijo entonces:

—El puto… y la puta… ya se van…

Mateo actuó por instinto, más que otra cosa, y levantando la pierna derecha por encima de su butaca, estrelló el tacón de una de sus finas botas contra la dentadura y la nariz del provocador.

El golpe sonó como si se tratara de una nuez aplastada contra otra, seguido de gorjeos de asfixia.

No esperaron a ver qué seguía, ni en la película ni en la sala. Salieron de allí a toda prisa. Camino del auto Mateo pensaba:

—El pendejo… el pendejo…

Esta fue la primera vez que sintió la violencia en serio y, por más que trataba de luchar contra sí mismo, la experiencia le había fascinado.

Durante mucho tiempo recordó—más bien revivió— la exquisita sensación de los gorjeos de asfixia y el sonido que produjo la rotura de los tejidos de la cara del tipo aquel del cine.

Había algo parecido a pisar un feo insecto, al sentir cómo truena al ser embarrado contra el piso y, de cualquier manera, el fulano del cine había sido nada más que eso, un feo insecto.

Como la ciudad estaba plagada con insectos de todas clases, Mateo muy pronto tuvo otra vez la oportunidad de aplastar a uno de estos especímenes.

Esta vez fue un atrabancado conductor que cometió el error de cruzarse en su camino.

Mateo había estado dando vueltas a la manzana, tratando de encontrar un sitio donde aparcar su automóvil y finalmente se estaba desocupando un lugar. Muy civilizadamente, encendió sus luces intermitentes indicando sus intenciones y su legítimo derecho al lugar desocupado. Metió reversa y justo cuando empezaba a maniobrar, un automóvil más pequeño se metió en el codiciado espacio.

Él descendió de su auto y se acercó a la ventanilla del otro, el cual ya casi acababa de estacionarse.

Pensó —como siempre— manejar la situación con inteligencia.

—Disculpe —le dijo con cortesía al usurpador—, pero yo llegué primero y tenía puestas las luces intermitentes, indicando claramente la intención de estacionarme.

El tipo del mini auto, burdo, con el cabello reluciente de brillantina, ya acababa con sus maniobras y ni siquiera se volvió a mirarlo, sólo le dijo:

—Pues ya te chingaste. Pa' otra vez déjate de luces y métete rápido.

No era justo. Especialmente después de haber tratado de razonar con el troglodita dentro del marco de una educación impecable. Insistió:

—Por favor, sea tan amable de mover su coche, este lugar me corresponde por derecho.

El feo engendro ya se apeaba de su automóvil y se le quedó mirando a Mateo como si éste fuera un trozo de mierda de pájaro embarrado en el parabrisas. Entonces gruñó:

—Muy cabrón, ¿no? A ver, haz que me quite.

Esto era demasiado. Instintivamente se hizo un poco para atrás y dio un fuerte puntapié a la puerta del miniauto, tomando en cuenta —desde luego— que las pantorrillas del agresivo tipo se encontraban entre la portezuela abierta y el auto.

Esta vez el ruido que se escuchó fue como si se rompiera la rama seca de un árbol. Las tibias y peronés del mañoso apandador se convirtieron en múltiples trocitos de hueso.

Mateo se montó en su auto y decidió buscar sitio en un lugar más alejado, dejando al conductor del otro auto inconsciente por el dolor.

Lo último que vio de aquel insecto fueron los feos zapatos negros y calcetines colgando de unas piernas como hilachos, en el borde del coche. Parecían las extremidades de una marioneta.

A pesar de la desagradable escena, Mateo se sentía muy bien. Se sentía rejuvenecido. Sobre todo al recordar las muecas que había hecho el tipo al sentir que le convertían las piernas en talco.


Para beneplácito de Mateo, las oportunidades de aplastar insectos se multiplicaban.

Un día, entró en un lugar de maquinitas electrónicas a jugar un rato. Estaba esperando a un amigo y como era temprano, quiso matar el tiempo de aquella forma.

En la máquina junto a la que él jugaba, se encontraba un jovencito que parecía manejar el aparato a la perfección, sin embargo, perdió el juego; visiblemente enojado, golpeó la máquina con la palma de la mano. Como estos aparatejos están montados en una base de madera hueca, el ruido sonó como un tamborazo. Después el chico se marchó.

Mateo siguió en lo suyo cuando un pequeño insecto, con cara de amargado y frisando en los cincuenta, se paró justo a su lado e interrumpió el juego diciéndole delicadamente:

—¿Tú eres el pendejo que le anda pegando a las máquinas?

Más que una pregunta era una aseveración, pero Mateo quiso —una vez más— utilizar la inteligencia.

—¿Perdón?

—No te hagas, güey. ¿Por qué le pegas a las pinches máquinas? Si no sabes jugar no juegues; y si te vuelvo a ver por aquí te rompo la madre.

El encargado del lugar, quien tan suavemente se había dirigido a Mateo, era un tipo que medía por lo menos veinte centímetros menos que él, pero subrayó sus amenazas abriéndose el saco y mostrando al cinto la culata de una pistola grande.

—Disculpe usted, pero yo no le he pegado a ninguna má…

—¡Cállate! ¡Pinche culero! Y lárgate o te saco a patadas.

Mateo hizo un gesto de impotencia, abriendo los brazos a los lados de su cuerpo, con las palmas de las manos hacia arriba, como si implorara clemencia y comprensión al cielo.

Un centésimo de segundo después, la punta de una de sus botas se estrellaba contra los testículos del enano, con tal violencia que lo levantó varios centímetros del suelo.

La cara del prepotente chaparro se encontraba situada exactamente en un fino punto entre el asombro completo y el dolor total. Se dobló sobre sí y Mateo, no sabiendo si el enano buscaba su arma o simplemente se acariciaba el dañado escroto, completó la faena descargando otro puntapié, esta vez directo a la barbilla del amenazador insecto.

¡Crac!

La mandíbula se partió limpiamente en dos y el cuerpo de la pequeña bestia empistolada salió despedido hacia atrás, de manera espectacular.

El lugar se encontraba atestado de vagos y parroquianos, quienes casi al unísono, aplaudieron con vehemencia la actitud de Mateo.

Se notaba que no era la primera vez que el insecto hacía alarde de prepotencia, amparado en el arma que llevaba al cinto.

Por alguna extraña razón, Mateo se acercó al caído y se apoderó de la pistola.

Era una automática Colt .45 modelo *Commander*. Le quitó el cargador sólo para comprobar que… ¡estaba vacío!

Salió del lugar entre hurras y aplausos y se llevó la pistola consigo.

Mateo sabía que estos tres incidentes se podían haber evitado si no hubiera actuado violentamente. Hasta entonces lo había hecho así, consiguiendo mantener la calma y saliendo con la cola entre las patas mientras sus agresores se reían de él en lugar de apreciar su buen juicio. Pero ya era demasiado; además, actuar violentamente era un asunto que le producía cierta clase de placer. Lo excitaba.

Al llegar a su casa y pulsar la Colt se sintió muy a gusto y hasta le dieron ganas de hacer unos cuantos disparos. No dispararle a algo en especial, era sólo para sentir el poder mortífero del arma y su fuerte recule en la mano.

Ya lo haría más adelante, primero había otros instrumentos que deseaba experimentar.

Decidió retirarse de sus lecciones de karate un día que le rompió un brazo —sin querer— a uno de sus compañeros.

El herido era un muchacho de preparatoria, cinta café, muy entusiasta, de esos que estudian karate para pegarle a cuanto cabrón se les pone enfrente. Mateo era cinta verde, pero llevaba así dos años y tenía un colmillo que arrastraba por el suelo, sacando chispas a su paso.

El mañoso muchacho intentó una combinación de patada voladora con puñetazo. Su descalzo talón pasó a unos milímetros de la nariz de Mateo y el puñetazo iba bien dirigido, pero —otra vez actuando por instinto— Mateo se echó felinamente hacia atrás y pescó el agresor puño a la velocidad de la luz, girándolo sobre su propio eje, hasta que el eje no dio para más y se rompió, llevando al muchachito entusiasta a emitir un fuerte alarido de dolor, más propio de una mujer embarazada que de un matoncito de la prepa.

Ni modo, así sucede a veces.

Pero ya, sin embargo, los compañeros de karate habían empezado a notar el cambio del otrora pacífico Mateo y eso no le convenía para nada a sus planes; pues ahora pensaba practicar técnicas mucho más sofisticadas que meras patadas o golpes.

Quería aprender una nueva técnica insecticida. Deseaba ver sangre. Mucha sangre.

Entonces se propuso aprender a lanzar cuchillos.

Comenzó con cuchillos de cocina.

Se hizo de una puerta de madera común y corriente y en ella dibujó la silueta de un ser humano visto de frente. Cubrió toda la silueta con varias capas de corcho, hasta que el relieve que representaba a la víctima tenía un espesor de más de cuatro centímetros.

Luego adquirió un juego de doce cuchillos de acero templado, con todo tipo de formas, largos y mangos.

Siempre había sido muy asiduo en sus empresas y esta vez no sería la excepción. Se dedicó en cuerpo y alma a lanzar cuchillos durante tres y hasta cuatro horas diarias. Al principio, los filosos instrumentos rebotaban del corcho y, si acaso quedaba alguno clavado, era por mera casualidad.

…Pero la práctica hace al maestro…

Aprendió a sopesar cada cuchillo. Se acostumbró a sentir el

equilibrio de la hoja, el peso del mango, lo prolongado o lento del giro que efectuaba cada utensilio al ser lanzado, antes de impactarse.

Comprendió cómo medir la distancia al objetivo, la fuerza del brazo, el control de sus dedos.

Vivía entre cuchillos, soñaba con ellos. Eran su vida.

Tuvo que cambiar el corcho de la puerta muchas veces, pero en menos de dos meses era todo un experto. Y no importaba de cuál de los doce cuchillos se trataba; cada uno de ellos era una extensión de su brazo.

Además, se ejercitó en el arte de afilarlos, llegó a balancearlos con exquisita precisión —por medio de pequeños puntos de soldadura en ciertas partes clave— y aprendió a pulirlos.

Pero ahora deseaba obtener la maestría. De nada le serviría que, llegado el momento, tuviera que hacer uso de un cuchillo desconocido, de tal manera que adquirió dos finas navajas de resorte y logró dominar su uso en cuestión de días.

Cuanto cuchillo encontraba a su paso, Mateo lo balanceaba, lo sopesaba, lo admiraba.

Pronto fue todo un maestro. Con sólo tener uno de aquellos instrumentos en su diestra mano, sabía de qué parte debía tomarlo para lanzarlo —para utilizarlo. Ya no había secretos para Mateo en el mundo de las armas punzocortantes.

Ahora, sólo necesitaba aprender una cosa más: cómo clavarlos en algún maldito insecto.

Siempre llevaba ambas navajas de resorte. Y en cuanto se encontraba a solas en cualquier lugar, jugaba con una o las dos, disfrutando del chasquido metálico de las afiladas hojas emergiendo del mango.

Ardía en deseos de una oportunidad para probarlas —para

probarse a sí mismo. Se trataba de una mórbida especie de examen final.

Para su fortuna —y el infortunio de los insectos— la oportunidad se presentó bien pronto.

Una noche salió a cenar con uno de sus ahora pocos amigos, y después de la sobremesa decidieron irse a jugar con un par de rameras.

Le gustaba esta clase de relaciones porque no incluían ningún tipo de compromiso: ni amor, ni cariño, ni culpa, nada, sólo sexo.

Una vez terminada la sesión, las prostitutas se fueron por su lado y ellos se dirigieron al garaje del hotelucho, donde habían dejado aparcado el auto. Una vez allí, Vivanco —quien aparte de buen amigo era bastante torpe— descubrió que había dejado las llaves dentro del coche.

Consiguieron un gancho de alambre y Vivanco empezó a luchar por quitar el seguro de una de las portezuelas, a través de una diminuta abertura en el cristal.

Mientras tanto, Mateo se recargó en el coche, encendiendo un cigarrillo tras otro.

En eso estaban cuando un automóvil entró al garaje y se estacionó a unos metros de ellos.

Mateo observó que venían dos parejas, las cuales se apearon del vehículo. Una de las chicas se veía bastante ebria y a un par de metros del auto, desistió de entrar al hotel e hizo el intento por regresar al coche, se quejaba en voz alta de que estaba borracha y que se sentía muy mal.

El galán que la acompañaba no quería soltar presa y trató de forzarla al interior del hotelucho, pero la chica se impuso y regresó al automóvil, instalándose en la parte trasera.

La otra pareja también regresó al auto. Tal vez —pensó

Mateo— para comprobar el estado de la enferma. El galán de ésta también se instaló en la parte posterior del coche, y no precisamente para cuidar de la chica, sino para manosearla ostensiblemente.

La otra mujer, quien Mateo comprendió era buena amiga de la ebria, se negó a entrar al hotel con su pareja, alegando que su amiga la necesitaba allí y suplicando que las llevaran a casa, ya no deseaban más diversión. Tenía una figura de ensueño, pues se encontraba asomada al interior del coche, con la mitad del cuerpo fuera, levantando inocentemente el trasero.

Mientras tanto, Vivanco maldecía a todo el mundo por sus malditas llaves y seguía intentando soltar el seguro de la puerta de su adorado auto.

El tipo que llevaba a la chica del trasero bonito intentó dos veces de guiarla al hotel, pero ésta rehuso con delicadeza.

Por fin, el que había estado manoseando a la borracha, salió del coche y después de intercambiar unas palabras con su compañero, tomó del brazo a la mujer de la bella estampa y trató de forzarla hacia el hotel. Ella se resistió, pero el tipo le dijo algo al oído y ella por fin cedió. Se notaba que muy a su pesar.

Cuando pasaron frente a Mateo, que fumaba su quinto cigarrillo, la atractiva joven le lanzó una mirada de súplica. Definitivamente iba a entrar al hotel en contra de su voluntad.

Entonces, para sorpresa de Vivanco, de la mujer y sobre todo de su acompañante, Mateo dijo tranquilamente:

—Si no quieres entrar, no lo hagas, preciosa. Este insecto no puede forzarte.

El tipo, que ya se notaba muy molesto por la negativa de ambas jóvenes a satisfacer sus instintos sexuales, se volvió a Mateo y le dijo, haciendo cara de muy malo:

—¿A ti quién chingadamadre te está preguntando nada?

Mateo ni siquiera se movió, pero todos los músculos de su cuerpo se tensaron de emoción —¡por fin! —pensó, la oportunidad tan ansiada para su examen. Entonces repitió a la joven, que lo miraba entre sorprendida y embelesada:

—Si no quieres hacer nada con esta caca, no lo hagas.

Vivanco se encontraba con la boca abierta y el alambre gancho en las manos. El insecto restante, que se había quedado manoseando a la ebria, salió del auto y se dirigió a ellos, con aire belicoso.

Por otro lado, el que había hecho cara de muy malo, soltó a la chica e hizo un ademán de karateca, poniendo una pierna hacia atrás y los puños adelante. Sólo le faltaba gritar ¡kia!, pero de cualquier forma, se veía ridículo. El que se acercaba, en cambio, se llevó la mano a la cintura como si fuera a desenfundar una pistola.

Vivanco estaba paralizado.

Mateo no había practicado tanto con sus adorados cuchillos para nada. Sacando la mano de la bolsa de su chamarra y sin mediar explicaciones, al mismo tiempo que pulsaba el resorte de su navaja de bolsillo, la lanzó como un rayo hacia el presunto empistolado.

La navaja se convirtió en un destello dentro del semidesierto garaje y fue a clavarse limpiamente en un ojo del agresor.

El remedo de karateca trató de seguir con la vista el artefacto lanzado por Mateo y seguramente hubiera hecho algún gesto de sorpresa o temor al ver cómo se impactaba en el rostro de su secuaz, pero Mateo no quiso dar tiempo a sorpresas. Ya blandía la otra navaja y la lanzó con gracia a menos de metro y medio de distancia. La hoja entró con certeza quirúrgica en la tráquea del forzador de mujeres quien, con cara de incredulidad, se llevó la mano al lugar de la herida, se palpó la garganta y luego contempló su mano llena de sangre antes de caer al suelo, temblando.

La chica del divino trasero se quedó con la boca abierta, tratando de articular un grito que nunca llegó.

Mateo, con paso tranquilo, pero decidido, fue a recoger sus navajas.

En su rostro se apreciaba una gran satisfacción. Había aprobado el examen con mención honorífica.

El tipo de la herida en el ojo sangraba abundantemente y había perdido el conocimiento; pero estaba vivo. Mateo extrajo la hoja y la limpió en el saco del caído, luego la guardó en el bolsillo.

El otro malo emitía los últimos estertores de vida cuando Mateo sacó la hoja y repitió la operación de la primera, limpiándola en la ropa del tembloroso moribundo.

Vivanco estaba muy pálido, pero no soltaba el gancho. La chica del trasero bonito había cerrado la boca, solamente para abrirla un poco después y empezar a vomitar.

Mateo tomó cartas en el asunto. De un puntapié rompió uno de los cristales del bienamado auto de Vivanco, se introdujo en él, lo puso en marcha y abrió la puerta del pasajero, mientras gritaba a su amigo:

—¡Vámonos, pendejo!

Vivanco soltó el gancho y entró rápidamente en el auto.

Durante más de cinco minutos, no pudo articular palabra. Mateo no sabía si era debido a la violenta escena en el garaje, o por el cristal roto de su amado automóvil.

Vivanco decidió guardar silencio con respecto a los hechos por tres razones: creía que Mateo se había vuelto loco y por tanto, era muy peligroso. Después de todo, él no quería terminar con un ojo de vidrio o con una boca nueva en medio de la garganta. La segunda razón, perfectamente válida es que él había estado allí también y habían huido en su automóvil. Era cómplice y no quería problemas con la policía. Por último: Mateo había pagado el cristal nuevo y la instalación.

De cualquier manera, en el futuro, Vivanco lo pensaría dos veces antes de salir a cenar con Mateo.

Con el tiempo, Mateo se convirtió en un tipo *realmente* violento. Ahora, no sólo esperaba que la oportunidad llegara para aplastar a los insectos, sino que él mismo provocaba que se presentara el momento para cometer alguna agresión.

Sin embargo, Mateo conservaba su inteligencia y la utilizaba. Si bien para él era muy agradable hundir el hierro, no dejó que el vicio lo dominara. No quería caer en manos de la policía y mucho menos ir a prisión. Le gustaba utilizar la violencia, no que la usaran en contra de él.

En la violencia y viviendo con la violencia, descubrió un mundo infinito de posibilidades. No se trataba solamente de que la ciudad tuviera menos ratas, para que los sobrevivientes vivieran mejor. Nada de eso. Aquella era una forma romántica de ver las cosas.

Descubrió que por medio de la violencia él podía conseguir prácticamente cualquier cosa que deseara. Mientras más la aplicaba, su experiencia crecía y su personalidad reflejaba una seguridad en sí mismo francamente incalculable.

Su mirada era tranquila pero poseía una frialdad y dureza predominante; sin embargo, no era para nada la mirada de un demente. Una vez dominada la técnica de los cuchillos y las navajas, decidió incursionar en el manejo de otro tipo de armas. Para esto, utilizaría la Colt que le había "confiscado" al enano de la arcada de juegos electrónicos —quien a la sazón tendría el tono de voz de una soprano y la barba literalmente partida.

Mateo consiguió las balas por medio de un amigo suyo quien, a su vez, tenía contacto con un policía bancario.

Compró varias cajas, pues se proponía aprender el manejo del arma a la perfección.

Sin embargo, practicar con un arma de fuego era mucho más difícil —y ruidoso— que lanzar cuchillos sobre madera forrada de corcho.

Registró el arma en el banco del ejército y luego se afilió a un club de tiro. Con esto, consiguió permiso para transportación de la pistola y un pase para tener acceso al polígono de tiro de un campo militar.

Excepto los lunes y los martes —que no había servicio en el polígono— el resto de la semana se pasaba por lo menos un par de horas disparando la .45, la cual resultó ser un arma excelente.

Empezó por ejercitarse en cargar y descargar bien su pistola rápidamente. Luego aprendió a jalar muy lentamente el gatillo para no mover el cañón y errar el tiro, al mismo tiempo se acostumbraba al recule y, a diferencia de aquellos que practicaban allí mismo, no siempre usaba protectores de oídos u orejeras. Quería también acostumbrarse al estallido. No deseaba brincar como un idiota si algún día alguien le disparara a él.

Posteriormente, practicaba desenfundar la pistola de una sobaquera e immediatamente disparar. Primero, un tiro a la vez, luego dos. Al ir aumentando el número de blancos correctos, pasó a tres, cuatro y hasta cinco disparos, pero en serie, pues los disparos a ráfaga estaban prohibidos por las autoridades del campo militar.

Cuando dominó todo esto, le compró a un cabo, que también vendía balas, veinte siluetas de cartulina. Dijo adiós al campo militar. Nunca más volvió por allí.

Adquirió luego un libro muy completo sobre armas, y se dedicó a estudiar el funcionamiento de cada pieza.

Finalmente, intentó conseguir un silenciador para la Colt, pero a todos aquellos a quienes les preguntaba se negaron al encargo. En la ciudad más contaminada del mundo, si te pillaba la policía con un arma con silenciador, seguramente te achacarían la mitad de los crímenes no resueltos por el disparo de arma de fuego, sin importar el calibre de que se tratara o si habías nacido o no cuando los hechos ocurrieron.

Así que tendría que fabricarse su propio silenciador.

No sería tan difícil. Era como cualquier otra cosa.

Después de todo, con su libro de armas y un poco de imaginación, nada era imposible.

De hecho, los tubos de escape de los coches utilizaban un aparato parecido para evitar el ruido de los motores, ¿o no?

Consiguió que le trajeran de Estados Unidos un cañón para Colt .45, pero más largo, el que se usa en el modelo *Gold Cup*. Con una segueta recortó los salientes del cañón original del arma para dejarlo como si fuera un tubo. Luego llevó ambos cañones con un conocido de él, un ingeniero italiano que tenía tornos y maquinaria de precisión. Le pidió que hiciera un centímetro de cuerda, por fuera, en el cañón *Gold Cup* y otro centímetro por dentro en el cañón rasurado de la *Commander*. De esta manera, se podía atornillar uno con otro a la perfección. Para sa-

tisfacer la curiosidad del italiano, le dijo que era para lograr un
cañón más largo para un tiro al blanco más exacto.

Cuando llegó a su casa armó de nuevo la automática la cual
resultó igual que en un principio, a excepción de que el cañón
de la pistola medía ahora diez centímetros más.

Destornilló el cañón sobrante y le hizo varias perforaciones
con una broca pequeña. Luego lo envolvió con un rollo de gasa
completamente comprimida, hasta lograr un diámetro de una
pulgada. Sobre la gasa metió a presión un tubo de cobre del
mismo diámetro. Finalmente, para mantener la gasa en su sitio,
soldó una rondana de metal en cada extremo del tubo de cobre.

El aparato no era una perfección, pero tal vez funcionaría.

Al día siguiente localizó un paraje semidesierto cerca de la
carretera vieja de Cuernavaca. Clavó una de las cartulinas para
tiro al blanco en un árbol y se alejó quince metros, para probar su
modificada arma.

El silenciador funcionó, pero no como en las películas, en las
cuales sólo se escucha un suave *¡puf!* Con el artefacto fabricado
por Mateo, se podía oír el metal de la pistola al deslizarse hacia
atrás —como cuando se corta un cartucho— y un ligero estam-
pido; nada comparado con el ruido original del arma.

Se felicitó por su ingenio y aprovechó la mañana para hacer
cincuenta disparos —una caja de balas. Para no dejar regados los
casquillos vacíos, le había adaptado al arma una bolsita de lona a
un costado y allí quedaban recolectados.

Todo marchaba sobre ruedas con el nuevo entrenamiento
para lograr su único fin en la vida: la violencia por la violencia
misma.

★ ★ ★

Así como el amante perdidamente enamorado añora y espera con emoción el encuentro con el ser querido, de la misma manera Mateo anhelaba la posibilidad de estrenar su arma.

Desde luego que podía haber disparado al azar, por ejemplo, desde su automóvil en marcha una noche cualquiera, pero a él le gustaba observar y disfrutar los resultados de sus excursiones insecticidas.

Mientras tanto, no perdía el tiempo y acudía a su campo de tiro privado cada vez que le era posible. El silenciador había dado un excelente resultado y podía disparar cuando quisiera sin llamar la atención.

Y fue precisamente un día que se dirigía a practicar tiro al blanco, cuando el cielo —o el infierno, dependiendo del punto de vista— le envió la oportunidad de hacer un examen con la *Colt*.

Iba manejando por la carretera vieja a Cuernavaca, cuando vio aparecer en el espejo retrovisor un automóvil negro, grande, que se acercaba a gran velocidad. No le prestó mucha atención hasta que el auto se emparejó con el suyo y el tipo que venía en el asiento del pasajero le hizo señas, ordenándole que se detuviera.

Al principio no entendió de que se trataba, pero cuando el feo tipo le volvió a indicar que hiciera alto, esta vez exhibiendo una metralleta, comprendió a la perfección: iban a asaltarlo.

Mateo había escuchado varias historias espeluznantes acerca de lo que sucedía en aquellos parajes solitarios. Los asaltantes eran normalmente ex policías que se dedicaban a lo único que sabían hacer bien: asaltar, secuestrar, torturar, golpear… asesinar.

Los tipos del auto negro se colocaron delante de él, frenando bruscamente para obligarlo a detenerse.

Mateo no tenía miedo, pero no había tomado en cuenta la posibilidad de enfrentarse con insectos venenosos. Se puso muy tenso. Ya se las arreglaría.

El auto negro hizo alto total a un lado de la carretera y Mateo también, pero se apeó del coche aún antes de que se detuviera por completo y echó a correr en zigzag hacia el bosque.

Seguramente los agresores no se esperaban esta actitud por parte de la víctima y perdieron unos segundos preciosos decidiendo qué hacer. Cuando finalmente bajaron del automóvil, Mateo se encontraba casi a cincuenta metros de distancia, protegido por los árboles. Los maleantes iniciaron de inmediato la cacería humana; eran tres, dos de ellos portaban metralletas y el otro una escopeta con el cañón recortado.

Uno de ellos gritó:

—Mejor sal, hijo de tu puta madre, o te va a ir como en feria.

Mateo se encontraba apostado tras el tronco de un grueso árbol y desde luego que no pensaba participar en feria alguna. Apuntó la .45 a la cabeza del gritón y jaló lentamente el gatillo. Se escuchó el ya acostumbrado *¡pfium!!…* pero nada más sucedió.

Había fallado.

Gracias al silenciador, el disparo no puso en alerta a los hampones, quienes ya se encontraban a menos de treinta metros de distancia.

Mateo tenía ahora sólo cinco balas…

El que había gritado la primera vez, volvió a hacerlo, casi con la misma dulzura:

—Vete preparando a la putiza de tu vida, ¡cabrón!

Esta vez, Mateo jaló el gatillo con más delicadeza.

*¡Pfium!*

El insecto gritón siguió caminando, pero sólo uno o dos pasos, después se desplomó. Su masa encefálica se encontraba regada en varios metros a la redonda.

Los otros dos rufianes tardaron en darse cuenta de que les estaban disparando y Mateo no perdió tiempo. Abrió fuego entonces contra el que llevaba la escopeta recortada. No quiso tomarse riesgos innecesarios e hizo blanco dos veces en el pecho del delincuente.

Éste alcanzó a disparar su arma, mientras volaba hacia atrás como si un ser invisible le hubiera propinado un fuerte puntapié en el pecho. Antes de caer al suelo ya estaba clínicamente muerto.

El tercero de los villanos se agazapó detrás de un árbol, a menos de diez metros de distancia, luego disparó una ráfaga de metralleta contra el árbol que le servía de escudo a Mateo.

Polvo y astillas salieron volando y los disparos le retumbaron en los oídos. Sin embargo, conservó la calma. Sólo tenía dos balas en su pistola.

Una nueva ráfaga de metralleta.

Inmediatamente después unos gritos:

—¡Te vas a arrepentir, pinche puto! ¡Me cae que te vas a arrepentir!

La situación no podía prolongarse mucho tiempo más. Si se trataba de policías judiciales en activo, pronto vendrían refuerzos. Si no, los disparos de la metralleta atraerían la atención y no tardaría en llegar la policía de caminos. Bien o mal, Mateo acababa de cometer dos homicidios, con una pistola con silenciador y, además, de uso exclusivo del ejército y de las fuerzas armadas.

Como en las películas, Mateo se agachó con suma precaución y recogió una rama del suelo, sin arriesgar su brazo, y lanzó la rama hacia su izquierda. El bien entrenado tirador de la Uzi, dirigió los disparos hacia el lugar donde la rama había caído, exhibiéndose un poco, lo necesario para que Mateo disparara sus dos últimas balas.

No acertó al blanco, pero —irónicamente— un trozo de la corteza del árbol que protegía al maleante se le estrelló hecho astillas en la cara y los ojos, haciéndole proferir un espantoso alarido. Disparó a ciegas hasta que la Uzi quedó completamente vacía.

Mateo no perdió tiempo, se cambió de mano la Colt y palpó una de sus navajas de resorte. Luego se dirigió al lugar donde se encontraba el herido, quien ya sacaba el cargador vacío y metía uno nuevo en el arma, por mero instinto. Mateo estaba a menos de tres metros cuando el otro levantó la metralleta y empezó a disparar. Tenía los ojos entrecerrados y sangraba en varios puntos de la cara.

Mateo lanzó la navaja, clavándola firmemente en el pecho de su adversario, pero la herida no era de muerte. Se tiró al piso justo en el momento que el malo rociaba el éter con balas de nueve milímetros.

—¡Te vas a morir hijo de tu puta madre! —rugió el herido.

Mateo sacó la otra navaja y se concentró una fracción de segundo. Luego la lanzó con toda su fuerza, dirigiéndola al cuello del maleante, que ya había abandonado por completo la protección del grueso árbol.

Esta vez la navaja se clavó mortalmente. Sin embargo, el tipo volvió a disparar al vacío. Una de las balas pasó silbando a unas micras de la oreja derecha de Mateo.

El asaltante se extrajo la navaja del cuello herido, liberando chorros intermitentes de sangre y con sus últimas fuerzas avanzó hacia donde se encontraba Mateo. Todavía blandía la Uzi. A casi un metro de distancia jaló de nuevo el gatillo.

*¡Clic!*

La metralleta estaba vacía.

Mateo se puso de pie y en un movimiento casi felino, arrancó del pecho de su atacante la navaja que aún estaba clavada allí y degolló limpiamente al cerdo.

Buscó en el suelo la otra navaja, limpió ambas y se las guardó en el bolsillo de su chamarra, guardó también la Colt y se dirigió a su coche.

Pero la curiosidad le picaba fuerte en todo el cuerpo, a pesar de la gran cantidad de adrenalina que le circulaba por la sangre en ese momento. Las sienes le palpitaban dolorosamente y en los oídos tenía la sensación de que grandes olas se estrellaban contra su cabeza.

Fue hasta el lugar donde yacía el tipo de la escopeta recortada. Se encontraba boca arriba, tendido en posición grotesca, con los ojos muy abiertos. Daba la impresión de que, literalmente, la muerte lo había sorprendido. Se inclinó sobre el cadáver y le desgarró la camisa. Mateo quería ver el efecto de las balas .45 expansivas.

Había dos agujeros no muy grandes, a unos diez centímetros de distancia uno de otro, cerca del corazón, pero no parecía mucho. Entonces Mateo le dio vuelta al cuerpo y pudo apreciar la espalda. No hacía falta desgarrar la camisa, pues ya estaba destrozada. Los agujeros de salida de los proyectiles no se distinguían. Todo era una masa informe de sangre, astillas de huesos, carne. La herida de salida —sólo se apreciaba una sola— abarcaba un diámetro irregular de unos veinte centímetros.

El otro cadáver presentaba un cuadro más preciso. La entrada de la bala había sido por el ojo derecho. Al pobre tipo le faltaba casi toda la parte posterior de la cabeza. Parecía que su rostro era sólo una máscara, de esas que usan los niños para disfrazarse la noche de brujas.

Mateo apuró el pasó hasta su automóvil y se dirigió de vuelta a la ciudad. Ya había tenido suficiente práctica de tiro para un día.

Una cosa lleva a la otra. La vida es solamente una larga cadena. Cada acontecimiento, un eslabón.

La experiencia con la Colt despues de todo no había sido muy satisfactoria.

Sí, mataba y destrozaba, pero para Mateo era un asunto completamente impersonal. A distancia. No era algo que pudiera sentirse.

Además, el hecho de andar portando la pistola ponía en peligro su libertad. La libertad de gozar de la bendita violencia.

Incursionó entonces en un terreno completamente distinto a las patadas, los cuchillos y los disparos de balas expansivas.

Un día entró en una tienda de deportes buscando un obsequio para un primo suyo que cumplía años y era muy deportista.

Entonces lo vio y el rostro se le iluminó de emoción y alegría.

Se trataba de un bate de béisbol color negro. Relucía como si fuera de mármol. Lo palpó, lo sopesó, lo acarició y en ese momento sintió que un escalofrío de excitación le recorría la espalda. Las mejillas se le encendieron.

Éste sí era un instrumento de violencia, de violencia *pura*.

No lo pensó más y adquirió la bella pieza. En medio de su emoción, olvidó por completo el regalo para su primo.

Como anteriormente había hecho, una vez que había llegado a casa, se puso a observar detenidamente su nuevo instrumento de placer.

Después de estudiarlo detenidamente, decidió cuál sería la disciplina a seguir.

A partir de ese día, mientras miraba la televisión o simplemente caminaba por la casa, siempre llevaba consigo el bienamado bate.

Llegó el momento en que si le hubieran cambiado el objeto por otro supuestamente idéntico, él habría notado la diferencia de inmediato.

Sus brazos se acostumbraron al peso, a lo ligeramente áspero del mango, a la barnizada madera del garrote.

Pasados unos cuantos días, se disciplinó haciendo ejercicios, primero con el brazo derecho, quince minutos, luego el izquierdo, otros quince. Trataba de tomar el bate por el centro y girar la muñeca para uno y otro lado. Los primeros días resultaba doloroso, pues los músculos se engarrotaban después de unos minutos de ejercicio. Sin embargo, una semana después, sus brazos eran tendones de acero trenzado y manipulaba el pesado bate con la misma facilidad con que un niño manejaría un palito chino.

Entonces decidió hacerle al bate una pequeña adaptación. Le hizo un agujero muy profundo en la punta, como de unos quince centímetros de fondo por dos de diámetro y lo rellenó con pequeños balines de plomo. Luego selló el hoyo con pasta epóxica. Para evitar que la modificación dañara la consistencia de su armar, enrolló un fino alambre en los mismos quince centímetros, por la parte externa del garrote y lo cubrió con cinta para tubería.

Ahora el bate era color gris en su parte superior; no lucía tan bello como al principio, pero resultaba mucho más mortífero.

Posteriormente pasó a otro tipo de ejercicio. Aprendió a batear, pero no a una pelota de béisbol, sino a un costal de los que utilizan los boxeadores en sus entrenamientos, adquirido en la misma tienda de deportes.

En esta etapa, no sólo practicaba unas cuantas horas diarias, sino todo el día. Mañana, tarde y noche golpeaba una y otra vez el pesado costal.

Un buen día el costal se desgarró, debido al uso excesivo, y Mateo supo de inmediato que era hora de pasar a la acción.

El bate ya era una extensión de sus brazos.

Para poder transportar el madero sin llamar la atención, adquirió un tubo de plástico, de esos en que los dibujantes guardan sus rollos de papel. Era bastante discreto y lo podía portar adonde quisiera. Aquí, Mateo también se disciplinó para abrir rápidamente el tubo y extraer el arma.

Salía a caminar —de una forma cercana a la melancolía— con su tubo de plástico bajo el brazo, casi todos los días y al pensar en utilizar el bate, se le hacía agua la boca.

Un bello día, sentado en un parque donde miraba distraídamente como pasaba la gente, la gran oportunidad hecha a la medida, se materializó.

Una anciana caminaba pausadamente, con su bolso colgando de la mano. Entonces, un tipejo pasó velozmente a bordo de una motocicleta y le arrebató el bolso a la vieja, con tal violencia que la anciana terminó tendida sobre tierra, mientras —entre jadeos— pedía auxilio.

El ladrón aceleró la moto y salió disparado con su trofeo. Sin embargo, para llegar a la calle debía pasar cerca de Mateo… ¡y del bate!

Mateo desenfundó el arma en un par de segundos.

El ratero no pudo cambiar de rumbo, debido a la velocidad a que viajaba.

Mateo blandió el arma y descargó con toda su fuerza un batazo a la cabeza del fugitivo.

Un espantoso *¡clac!* se mezcló con el ruido de la motocicleta, la cual siguió su camino como si nada hubiera ocurrido. Una fracción de segundo después, el cuerpo del piloto salía despedido hacia atrás y su cabeza caía a varios metros de distancia, produciendo un sonido seco.

Esta vez no hubo temblorinas de ninguna especie ni gorjeos de asfixia. Nada de eso. Mateo se acercó al cadáver al mismo tiempo que guardaba el bate en su estuche.

La cabeza del ratero —repugnantemente aplastada— había caído a varios metros del desmembrado cuerpo, el cual semejaba un viejo y mutilado muñeco de trapo.

Los ojos se habían salido de sus cuencas y se encontraban colgando, sostenidos únicamente por un manojo de venas, arterias y nervios. Parecían un par de moluscos frescos.

Los curiosos ya se acercaban, precedidos por la empolvada anciana.

Mateo dio media vuelta y se alejó caminando inocentemente con su tubo de plástico bajo el brazo.

En su interior se sentía pleno, satisfecho… Completamente feliz.

Sin embargo, el hermoso instrumento insecticida había sufrido una herida mortal, invisible a primera vista: tenía una rajadura a todo lo largo de los quince centímetros del relleno de plomo…

No fue hasta tres semanas después del incidente en el parque que Mateo pudo utilizar una vez más su bienamado garrote.

Cansado de caminar buscando aventuras, se sentó en la veranda de un bar a tomar un refresco.

Dos chicas extremadamente guapas se encontraban a dos mesas de la suya. Mateo admiró con respeto las largas piernas y las pequeñas minifaldas de las jóvenes divas.

Fue entonces cuando un par de energúmenos pasó frente a las adolescentes y uno de ellos exclamó:

—¡Qué buenas putitas!

A Mateo se le erizaron todos los cabellos del cuello. Ésta era su oportunidad.

Se levantó dejando unos billetes en la mesa y siguió de cerca a los dos infelices maleducados.

Uno de ellos comentaba:

—Como eres cabrón, pobres niñas.

El otro contestó cínicamente:

—Quién chingaos les manda vestirse así a las muy putas.

Mateo se les acercó, desenfundando el garrote y, sin mediar palabra, descargó un fuerte golpe del bate sobre la cabeza del cínico.

Para sorpresa de Mateo, el bate se partió en dos, haciendo volar por los aires centenares de balines de metal.

Los reflejos de Mateo fallaron un par de segundos, los mismos que el segundo de sus enemigos aprovechó para llevarse la mano a la sobaquera y extraer un enorme revólver plateado. Mateo se llevó la mano a la bolsa de la chamarra, en una desesperada búsqueda de sus navajas de resorte, pero en el fondo de su mente comprendió que no habría tiempo para eso, así que trató de echarse a correr, todavía con el mango del bate en la mano.

Sin embargo, al tratar de emprender la huida, resbaló con los balines de metal de la que fuera una vez su arma letal, perdió el equilibrio y se fue de bruces.

Lo que quedaba del bate era un trozo muy afilado de madera, que bien hubiera podido ser una de esas estacas que en las películas utilizan para asesinar a un vampiro.

Cuando Mateo aterrizó, la estaca le atravesó con pulcritud el cuello, cercenándole al instante las arterias carótidas.

Mateo murió gracias a su propio instrumento insecticida.

Ahora había un insecto menos en la ciudad más grande y contaminada del planeta.

# FLIDIA

*Las paredes y las puertas inventaron los secretos*

Bagun

La reunión se llevaba a cabo en casa de Lipia y Ricardo. Transcurría, como era la costumbre, inundada en humo de cigarrillo y humores de alcohol.

Por un lado, las mujeres formaban un corrillo —un aquelarre que de vez en cuando se deshacía en risitas y risotadas. En otro extremo, los hombres contaban chistes soeces y se desbarataban a carcajadas entre tragos de coñac o escocés de los más finos.

Con disimulo, Tornillo lanzaba miradas intermitentes a las bien torneadas piernas de Flidia, una de las dos únicas solteras del grupo.

Le parecía increíble que en pocos años el cuerpo de Flidia se hubiera transformado de raquítico e insignificante a uno espléndido como el de una Venus.

Si bien el rostro de la fémina estaba desprovisto de belleza, su cuerpo de diosa compensaba esta carencia de hermosura.

Vestía una minifalda de licra negra que acentuaba y ponía a la vista casi la totalidad de sus muslos. Como no llevaba medias, en cualquier movimiento que hiciera para cruzar la pierna,

Tornillo podía captar con facilidad el minúsculo triángulo de la pantaleta de la chica.

Pero la mujer no había hecho aquel movimiento intencionalmente. Nada de eso.

Flidia, a sus veintinueve años, era lo más parecido a la viva imagen de la pureza. Si bien utilizaba indumentarias llamativas y atrevidas, jamás miraba provocativamente a ninguno de los maridos de sus amigas y, menos aún, a Tornillo, hacia quien siempre había demostrado una vaga, pero patente antipatía.

Todos los hombres allí presentes, sin excepción, se habían insinuado con ella. Unos, descaradamente. Pensaban que una mujer como ella y a su edad, estaría sedienta por las mieles del sexo. Otros, en cambio, se habían ofrecido a ella con genuina sinceridad o arrebatados por la dulzura de su carácter, el cual se equiparaba a la belleza de su cuerpo.

A los primeros, los había rechazado firmemente, pero con delicadeza; a los segundos les había agradecido sus finas intenciones con un breve beso en la mejilla. A Tornillo lo había rechazado con una mirada burlona, plagada de desprecio.

A diferencia de los otros admiradores, Tornillo jamás había insistido; su conducta hacia Flidia era impecable: la de un auténtico caballero y las miradas a las bellas extremidades de la chica eran siempre discretas.

Ademas de Flidia, la otra soltera en el grupo era Olga, quien, al contrario de Flidia, se había insinuado y había coqueteado con todos y todos la habían despreciado. A pesar de que Olga poseía un rostro agradable, tanto su cuerpo como su carácter carecían de todos los atributos de Flidia; la chica mas bien semejaba un árbol seco.

En un momento dado, Flidia se levantó para ir a la cocina a

servirse una copa y Tornillo sintió escalofríos en la entrepierna. Un suéter rojo revelaba sus tetas perfectas. Al pasar junto al grupo de los hombres, el perfume de la mujer inundó el cerebro de Tornillo.

La reunión llegó a su fin varias botellas más tarde y todos se retiraron a sus casas. Esa noche, excitado y perturbado, Tornillo decidió que aquella mujer tendría que ser suya a como diera lugar.

Las casualidades forman la trama de la vida y fue una casualidad la que le facilitó una oportunidad a los propósitos de Tornillo.

La compañía donde trabajaba Ricardo le ofreció a éste un curso en Boston, así que Lipia y Ricardo deberían permanecer en aquella ciudad durante cuatro meses. Como Tornillo era su mejor amigo, le dieron las llaves de la casa y le encargaron su cuidado durante su ausencia.

Apenas la pareja había abordado el avión, Tornillo se dirigió a la casa, una vivienda de tipo campestre, de un solo nivel, convenientemente ubicada al borde de un campo de golf. La casa más cercana se encontraba a cincuenta metros de distancia y, por si esto fuera poco, contaba con un sótano que Ricardo había acondicionado con una mesa de billar y otra de tenis de mesa. Este recinto estaba completamente alfombrado, contaba con un cuarto de baño completo y calefacción central.

Tornillo se dirigió directamente al sótano de la casa y una amplia sonrisa le iluminó el rostro. El sitio era ideal para sus planes.

Al día siguiente puso manos a la obra. En una farmacia del centro consiguió un frasco de cloroformo, sin dificultad alguna. Allí mismo también adquirió cinco docenas de pañales desechables para adulto. Llevó sus compras a la casa del club de Golf, donde trabajó un rato en el sótano. Plegó la mesa de ping pong y la puso en un rincón. Cargó un colchón de una de las camas de la casa y lo colocó sobre la mesa de billar. Cubrió el colchón con sábanas, un grueso edredón de plumas y situó una cómoda almohada en la cabecera.

Al siguiente día— una vez que había terminado todos los preparativos—, con suma discreción se dedicó a observar la rutina de Flidia.

La chica trabajaba desde hacía varios años para una firma que daba asesoría en computación. Como buena soltera, era muy metódica. Empezaba a trabajar a las diez de la mañana y a eso de las dos tenía un receso de una hora para la comida. A las tres volvía a la oficina y regularmente salía de ésta a las siete de la noche. A esta hora se dirigía a un gimnasio para damas, donde practicaba sus ejercicios y salía de allí a eso de las nueve; después se dirigía directamente a su casa, donde vivía con su madre y el marido de ésta. El padre de Flidia había perdido la vida en un accidente de tráfico hacía ya diez años.

Tornillo observó a intervalos esta rutina, la cual resultó ser siempre la misma. Sólo una noche, después de salir del gimnasio, la mujer se había dirigido a un restaurante, donde se encontró con un hombre con quien cenó y a las once y media se marchó a su casa, sola, en su auto. No cabía duda: Flidia era la viva imagen de la pureza. Tornillo también observó que cuando la joven acudía al gimnasio, debía aparcar en un sitio retirado de la entrada, ya que a la hora que ella llegaba, el lugar se encontraba atestado de mujeres que ejercitaban sus cuerpos con la esperanza de tener uno como el de ella. Sin embargo, a la hora de la salida, Flidia era de las dos o tres últimas mujeres en salir y el estacionamiento estaba desierto a esas horas. Además, éste estaba mal iluminado.

Tornillo tomó nota mental de todos estos detalles y desarrolló un plan.

Escogió un martes, pues se trataba del día que —por alguna desconocida razón— Flidia era la última en salir del gimnasio.

El martes siguiente por la noche, Tornillo adhirió unas matrículas falsas de cartulina sobre las originales de un auto que había alquilado ex profeso.

Con sorprendente tranquilidad esperó a que Flidia saliera del gimnasio. Precisamente cuando la chica estaba a punto de meter su maletín al portaequipaje, la sorprendió por la espalda, apretando fuertemente contra su boca y nariz un pañuelo bañado en cloroformo.

Flidia luchó por unos instantes, pero bien pronto cedió a los efectos del anestésico.

Rebosando en suerte, Tornillo abrió el portaequipaje de su automóvil e introdujo a la chica desvanecida. Cerró la cajuela del coche de Flidia y abordó su propio auto, alejándose del lugar de los hechos con moderada velocidad.

Todo había salido a la perfección.

Condujo hasta la casa del Club de Golf y guardó el auto en la cochera, cerrando la puerta con el interruptor a control remoto.

El hombre temblaba de emoción y un placer inmenso le recorrió todo el cuerpo cuando contempló a su presa en el fondo del portaequipaje. Debía darse prisa, pues no sabía cuánto tiempo duraría el efecto del cloroformo. Transportó trabajosamente a Flidia hasta la improvisada cama del sótano y le tapó los ojos con sendos parches firmemente adheridos, pero cuidando que las cejas y las pestañas no se pegaran a éstos. Después colocó un trozo de cinta para empaque en la boca de la diosa.

Desnudó por completo a la chica y le puso un pañal desechable para adultos. Luego ató cada una de sus extremidades a las patas de la mesa de billar. De inmediato la cubrió con el grueso edredón y fue a encender la calefacción. Posteriormente se dedicó a esperar con paciencia a que su víctima recobrara el conocimiento.

A los pocos minutos, Flidia empezó a emitir pujidos sordos y poco más tarde, cuando se percató de su condición, se puso a luchar contra sus ataduras.

Tornillo la dejó hacer. Sería más fácil comunicarse con ella cuando estuviera cansada.

Diez minutos después, sollozando ante su impotencia, la mujer paró de luchar.

El hombre se acercó lentamente y fingiendo la voz, se dirigió a ella.

Flidia se sobresaltó y pegó un brinco al escucharlo e inmediatamente empezó a luchar otra vez, sólo para darse por vencida unos minutos más tarde.

Tornillo juzgó que sería más conveniente dejarla en paz. Una noche a solas la ablandaría bastante. Además, ya había podido comprobar la resistencia de las ataduras.

Reguló la calefacción a temperatura tibia, acomodó el edredón sobre el cuerpo de la mujer, apagó las luces y se fue a dormir a su casa.


Desde luego que Tornillo sabía muy bien los riesgos que corría si Flidia llegaba a liberarse. No sólo estaría en peligro su matrimonio, sino toda su vida. Se trataba nada menos que de un secuestro. Pero aquel bello cuerpo bien valía la pena. Flidia se había convertido en su mayor obsesión.

Al día siguiente desprendió las matrículas falsas del automóvil y lo devolvió a la arrendadora. En un supermercado compró todo tipo de provisiones y por la noche, Tornillo volvió a su guarida. Bajó los escalones del sótano sin hacer ruido. El edredón se encontraba en el suelo. Flidia seguramente había hecho esfuerzos para zafarse. La chica respiraba rítmicamente; parecía dormida.

Tornillo colocó el edredón sobre ella, quien de inmediato respingó, pero ya sin la energía de la noche anterior. Más bien parecía que estaba haciendo una rabieta. Él volvió a fingir la voz y le habló muy de cerca, casi en un susurro.

—Si no te calmas, voy a tener que matarte.

Flidia se quedó helada y dejó de moverse.

Tornillo continuó con una voz fingida.

—Vas a tener que pasar unos días aquí; si te portas bien, te daré agua y comida y te permitiré ir al baño; por el contrario, si te portas mal, simplemente te acuchillo. ¿Está claro?

Flidia asintió frenéticamente.

—Estamos en una casa en el campo. Desde aquí nadie puede oírte. Te voy a quitar la mordaza para darte agua. Si gritas, te destrozo a cuchilladas. ¿Está claro?

Flidia volvió a asentir.

Tornillo retiró la cinta adhesiva que cubría la boca de la chica.

Flidia no gritó, pero soltó en voz baja una loca e histérica verborrea.

—¿En dónde estoy? ¿Quién es usted? ¿Qué quiere de mí? ¿Por qué…? —Tornillo le tapó la boca con una mano y dijo:

—¿Quieres que te mate?

Ella meneó la cabeza negativamente.

—Sólo di una palabra más y te destrozo. No quiero que vuelvas a decir nada, absolutamente nada, a menos que yo te lo ordene. No voy a amenazarte. La próxima vez que hables te clavo un cuchillo. ¿Está claro?

La chica asintió, sollozando.

Tornillo metió un popote en una botella con agua y acercó la paja a la temblorosa boca de ella y, siempre fingiendo la voz, le ordenó:

—¡Bebe!

Flidia dio un sorbo al agua y se interrumpió con un breve ataque de tos. Después bebió casi todo el contenido de la botella.

Tornillo volvió a colocar la cinta sobre la boca de la chica, le cambió el pañal y la arropó. Apagó las luces y, sin decir más, se marchó.


A la mañana siguiente volvió a la casa del Club de Golf. Preparó un emparedado y descendió al sótano. Ahora, el edredón estaba en su sitio.

Se acercó a Flidia y le habló.

Ella dio un brinquito de sorpresa, pero nada más.

—¿Quieres ir al baño?

La chica asintió con vehemencia.

—Bien. Te voy a llevar. Si haces cualquier estupidez, te mato.

Tornillo sonaba convincente y ella volvió a asentir.

Le desató los brazos y la ayudó a sentarse. Le pasó las extremidades a la espalda para amarrarla y ella gimió de dolor, pues llevaba mucho tiempo con los brazos estirados. Tornillo no

prestó atención a esto y le ató las muñecas a la espalda. Sin con-
fiarse de ella, le desató las piernas, dejando suficiente distancia
de por medio en caso de un sorpresivo puntapié. Pero esto no
sucedió.

La ayudó a ponerse de pie y la guió del brazo al cuarto de
baño, ayudándola a sentarse. La posición de la mujer era grotesca
pero nada más instalada, defecó abundantemente.

De momento Tornillo sintió lástima por ella, pero al recordar aquella mirada de desprecio que Flidia le había dirigido en
alguna ocasión, la lástima desapareció de inmediato.

Le preguntó si había terminado. Ella asintió. Tornillo sin
ningún reparo, la limpió perfectamente y la llevó de nuevo a la
improvisada cama. Volvió a atarla, primero ató las piernas, luego
las manos. Le puso otro pañal y la cubrió con el edredón.

—¿Tienes hambre?

Ella asintió.

Le retiró la cinta adhesiva de la boca y le acercó el emparedado. Flidia lo devoró rápidamente. Tornillo le dio de beber
agua, la volvió a amordazar y se marchó.


Al principio la desaparición de Flidia se convirtió en todo un
acontecimiento cubierto por la prensa y la televisión. Incluso
una fotografía suya apareció en los noticieros durante tres días.
Su padrastro ofreció una considerable recompensa a quien pro-
porcionara informes que llevaran a establecer el paradero de la
chica. Sin embargo, no había ni una sola pista. Nadie la había
visto. Un detective de la policía judicial se atrevió a sugerir que
tal vez se había marchado con alguien por su propia voluntad,
pues no había huellas de violencia en el lugar de los hechos.

El interés se fue perdiendo con los días y dos semanas después ya casi no se hablaba de ella.

Mientras tanto, a fuerza de repetir las operaciones de alimentarla y llevarla al baño, Tornillo había adquirido el control absoluto de la chica. Ahora llevaban a cabo toda la escena por mera rutina y, además, Tornillo también había bañado varias veces a Flidia.

Con la chica atada de las manos a la espalda, él mismo se había desnudado e introducido a la ducha con ella, haciendo un esfuerzo sobrehumano para no penetrarla allí mismo. Desde luego que Tornillo pensaba poseerla, pero no de aquella forma. Él tenía sus propios planes al respecto.

Con extrema suavidad la enjabonaba por todas partes le lavaba el cabello con un champú que olía a mandarinas.

Al principio, Flidia hizo ademán de resistirse a ser tocada, pero él la amenazó de muerte, así que la chica se dejó hacer.

Si bien Tornillo se había deleitado contemplando el cuerpo desnudo de la mujer, ese placer no era nada, comparado con el que experimentaba al pasear sus manos por la enjabonada piel.

Al terminar de bañarla, la secaba con una toalla en cada mano, frotándola para activar su circulación. No quería que se desmejorara al permanecer tanto tiempo acostada.

Una noche, mientras la bañaba, vio con satisfacción cómo se le endurecían los pezones.

Tornillo también le cepillaba los dientes y hasta suplió la cinta para empaque por esparadrapo con adhesivo más suave para que al amordazarla y luego al despegar la cinta no le hiciera daño la piel.

Una vez por semana, a la luz de una vela y cubriéndose el

rostro con un pasamontañas, le cambiaba los parches de los ojos y aprovechaba para lavárselos con una solución oftálmica. La luz resultaba muy débil para que Flidia reconociera el sitio donde se encontraba. Además, Tornillo aseaba un ojo a la vez, manteniendo el otro cubierto.

Cuando Flidia se notó más calmada, Tornillo le permitió hablar, pero sólo para responder a las preguntas que él le hacía.

Lo primero que quiso saber fue acerca de los platillos favoritos de Flidia.

A partir de entonces, Tornillo la alimentaba a base de lo que a ella le gustaba, intercalando otras exquisiteces. Aparte de agua, también le daba a beber vino y la sentaba para alimentarla, deseando que estuviera mas cómoda.

Al principio ella se notaba definitivamente asustada con su situación, pero al paso de los días parecía ir aceptándola.

Tornillo la interrogó acerca de la música de su preferencia y al salir por la noche le dejaba un aparato con un par de horas de esa música, a volumen bajo.

Una noche Tornillo le dijo, para tranquilizarla:

—No puedo decirte por qué te traje a este sitio, pero no permanecerás mucho tiempo aquí. En menos de un mes estarás de regreso en casa, sana y salva. ¡Te lo juro! No voy a hacerte daño alguno, siempre y cuando te portes bien.

Flidia sabía —sentía— que esas palabras decían la verdad. Con sólo recordar la delicadeza con la que él la bañaba, podía comprobarlo. La mujer llevaba casi veinte días en cautiverio cuando Tornillo pasó a la segunda parte de su plan: el contacto físico intenso.

Por supuesto que podría haberla poseído desde la primera noche, ya que, mientras nadie interrumpiera aquello, Flidia le pertenecía por completo. Pero Tornillo deseaba que las cosas fueran de otra manera, quería vencer aquella supuesta pureza, deseaba inconscientemente ser amado, ser correspondido.

Tornillo la acostaba alternativamente boca arriba y boca abajo para que su cuerpo no sufriera demasiado. Aquella noche, la había amarrado boca abajo. Le dio de beber champaña helada y después de unos minutos, le dijo que le daría un masaje, porque sus músculos lo necesitaban. Flidia negó con la cabeza, aterrorizada ante la idea, pero él no prestó la menor atención. Poniéndose aceite para niños en las manos, procedió a masajearla. Con delicadeza, pero firmemente, fue masajeando desde el cuello hacia abajo, aceite generosamente a intervalos.

Al principio Flidia se encontraba muy tensa, pero aquellas manos eran expertas y pronto la chica cedió a la lasitud. Minutos después, cuando Tornillo masajeaba los muslos, Flidia no podía evitar disfrutarlo.

Tornillo utilizó esta técnica durante varios días. Después, hizo contacto más directo en las zonas erógenas de la mujer, siempre con sumo cuidado, con calma. Al sentir los suaves dedos de él en los labios y el clítoris, Flidia brincó, mostrando su rechazo, pero él la ignoró y continuó masturbándola, acariciando con la otra mano la espalda y las bien formadas nalgas.

Después de diez minutos, Flidia había luchado todo lo que había podido, pero había sido derrotada. Un gran orgasmo premió los esfuerzos de Tornillo.

A partir de entonces, Tornillo pasó a las caricias orales, primero besando con cariño las mejillas, la nariz, la barbilla, luego lamiendo el pecho, los pezones, besando el ombligo, el monte de Venus, los muslos y las pantorrillas para terminar lamiendo sin clemencia el clítoris.

Tornillo siempre se cepillaba los dientes y se aplicaba loción abundantemente antes de visitar a Flidia. Se cercioraba de que ella oliera su aliento y el aroma de la colonia, de esta manera, por lo menos, no le daría tanto asco ser acariciada de aquella forma por un extraño.

Al cuarto día de lo mismo, Flidia ya no se resistía en absoluto y Tornillo observaba excitado cómo a la joven mujer se le ponía la piel de las nalgas en carne de gallina con cada orgasmo que alcanzaba.

Él se comportaba más tierno aún a la hora de bañarla y exclusivamente se concentraba en eso. Todas las caricias estaban reservadas para la cama.

Tornillo se imaginaba —dentro de todo aquel absurdo— que, en esa actitud de ternura, ella apreciaría algún tipo de respeto.

Cuando Flidia tuvo sus períodos menstruales, Tornillo se dedicaba exclusivamente a besarle el rostro y acariciarle el cabello cariñosamente.

Por otra parte, Tornillo sabía que Flidia sólo tendría una clave para reconocerlo en el futuro y —obviamente— él no deseaba que tal cosa sucediera, así que compró media docena de frascos de la misma fragancia que él usaba —todos en establecimientos diferentes— y envió por medio de mensajería —con remitente falso— un frasco al padrastro de Flidia y uno más a cada uno de los esposos de las amigas de ésta, con una breve carta fotocopiada en la que, firmando apócrifamente como el gerente de relaciones públicas de la empresa que producía la loción, invitaba al destinatario a probar la fragancia. En cada frasco había adherida una etiqueta fotocopiada que rezaba: "Muestra gratis, prohibida su venta".

\*   \*   \*

Había pasado un mes desde la desaparición de Flidia y —aparte de sus familiares más cercanos y de sus mejores amigas— a nadie le importaba ya su paradero.

Los judiciales que llevaban el caso le dieron carpetazo al asunto, ya que tenían cosas y casos más importantes que atender. El padrastro de Flidia, sin embargo, duplicó el monto de la recompensa y la fotografía de la chica aparecía cada tercer día en la página roja de un diario de buena circulación.

Todo era inútil. Parecía que a Flidia se la había tragado la tierra.

La mujer, mientras tanto, en la profunda oscuridad de su vida, había perdido la cuenta de los días que llevaba cautiva y su personalidad había sufrido fuertes cambios.

No obstante la incomodidad de estar atada todo el día, se había convertido en una niña mimada. La alimentaban con sus platillos favoritos, la bañaban, la aseaban y —lo más importante— durante aquel tiempo —y sobre todo en los últimos días— había gozado más orgasmos que en toda su vida anterior.

A causa del aroma que despedía su captor, exquisito y varonil, Flidia se había imaginado su rostro de mil formas diferentes. En un principio, debido a la voz ronca, había pensado que se trataba de un troglodita, pero pasado el tiempo se dio cuenta de que era fingida.

Mientras Tornillo la bañaba, Flidia podía apreciar mediante los frecuentes roces con el cuerpo de él, la firmeza de sus músculos y la suavidad de sus manos.

Ahora experimentaba sentimientos encontrados hacia aquel hombre —a quien en un principio odiara con todo el corazón— que la había tratado con extrema dulzura y con exquisita ternura.

Un día Flidia se sorprendió *deseando* que llegara la hora de la visita.


En un principio, Tornillo había planeado llegar a la penetración de su Venus después de dos semanas, a lo más, tres. De hecho, su plan original era violar a Flidia en cuanto supiera que ella había tenido el primer orgasmo. No porque le importara mucho el placer de ella, sino que, al encontrarse perfectamente lubricada, todo sería más fácil para él y más humillante para ella.

No obstante, con el transcurso de los días y todas aquellas caricias, la mujer había llegado a gustarle en serio y no quería en absoluto lastimarla. Además, deseaba prolongar lo más posible el placer *previo* al placer. Así que no estableció fecha alguna para poseerla, claro está, siempre y cuando lo hiciera antes de que Ricardo y Lipia volvieran de Boston.

Una noche, mientras Flidia gemía en respuesta a las caricias orales de Tornillo, él suspendió su labor y se acercó a uno de los oídos de la hermosa mujer y le preguntó si deseaba que la liberara de la mordaza.

Flidia asintió con vehemencia, y él la liberó del esparadrapo. Tenía los labios inflamados y turgentes. La boca entreabierta dejaba ver sus bellos dientes. Tornillo volvió a lo suyo, lamiéndola entre los muslos y besándole el ya húmedo clítoris. Entonces, sorpresivamente, Flidia empezó a hablar, emitiendo pujiditos de auténtico placer:

—Así…sí…allí…ahí es…no pares ahora…por favor, ¡no pares!

Tornillo se excitó sobremanera al escuchar la rendición incondicional de Flidia y supo que había llegado el momento; sin embargo, antes de que las cosas pasaran a más, deseaba hacer un experimento.

Continuó lamiéndola con deleite y, cuando ella concluyó aquel orgasmo, Tornillo se acercó a la apetitosa boca de la chica y le besó suavemente los labios. Flidia no lo rechazó ni volvió la cabeza, sino que correspondió abiertamente a la tierna caricia. Él introdujo la lengua en la boca de Flidia, aún a sabiendas de que la bella mujer podía arrancársela con una mordida. Nada de eso. Flidia lamió la lengua de Tornillo con pasión desenfrenada; entonces él, agradecido, le masajeó con cariño el clítoris, mientras con su lengua exploraba el interior de aquella cálida boca.

Flidia sabía que esa era su oportunidad para castigar al criminal. Bastaría una buena tarascada para dejarlo mudo el resto de su maldita vida. Pero actuar así sería una locura y no precisamente porque él podría acuchillarla, sino porque, definitivamente, ella estaba gozando todo el episodio como una maldita loca.

Él introdujo suavemente su dedo medio en la inundada vagina de la joven mujer, con calma y ternura, mientras ella le capturaba la lengua con los labios, acariciándola con la propia, en franca indicación del inmenso placer que en ese momento sentía.

Si bien sus tejidos vaginales poseían una firmeza absoluta, Tornillo se dio cuenta rápidamente de que Flidia no era virgen. Repitió la operación, esta vez con dos dedos, los cuales, una vez lubricados, los sacaba y masajeaba el clítoris, antes de volver a introducirlos a ella. Flidia estaba completamente perdida en el universo del placer.

Minutos después, Tornillo desató las hermosas piernas y se desnudó.

Aún en la completa oscuridad en la que hacía semanas vivía, Flidia supo de inmediato lo que seguiría a continuación; así que flexionó voluntariamente las piernas, preparándose a recibir a su captor en lo más íntimo de su ser.

A partir de esa noche, los juegos sexuales se fueron sucediendo más o menos con la misma tónica. Flidia gozaba ahora abiertamente —*descaradamente,* pensaba ella— de todo lo que Tornillo le hacía.

Sólo a dos semanas de la primera penetración, él la paseaba por todo el sótano para que se ejercitara. Le quitaba la mordaza, pero siempre con las manos atadas a la espalda. Tornillo no quería permitirse el riesgo de que ella se quitara los parches de los ojos y lo reconociera.

Durante estos paseos, la frenaba de pronto y la besaba apasionadamente en la boca, siendo correspondido por Flidia con extrema ternura.

Ella no sabía cuál sería su destino, pero aquel hombre le había prometido que la libertaría pronto y la ninfa confiaba en su palabra.

Sin embargo, su *verdadero* temor era precisamente ése: ser liberada, sin saber quién había sido su captor y —por supuesto— sin esperanza alguna de volver a encontrarse con aquel hombre quien, en términos sexuales, la había hecho *completamente feliz.*

Cada día que pasara sería uno menos en la cuenta regresiva, y Flidia trataba de disfrutar cada experiencia aún más que la vez anterior.

Pero además, la ternura con que él la poseía, era digna de un cuento de hadas. En ningún momento su hombre se había mostrado violento y jamás se introducía dentro de ella sin antes haberla excitado al máximo, logrando así una lubricación ideal con los propios jugos de ella.

Y más aún, al terminar cada sesión, Tornillo la aseaba perfectamente con una toalla húmeda y tibia. Le daba besitos en la sudorosa frente y en las orejas y, después de poner la música favorita de ella —y el esparadrapo en su boca—, se despedía jurando volver al día siguiente.

A Flidia cada vez se le hacía más larga la espera. Un día que se había quedado adormecida, pensó que habían transcurrido dos días en vez de uno. Entonces la invadió un ataque de pánico.

¿Qué sucedería si no volvía más? ¿Qué, si algo le pasara? Entonces irremediablemente moriría de hambre y sed.

Sus temores se desvanecieron pronto cuando Tornillo llegó y la puso a caminar por el sótano. Ella le confesó lo que había pensado y él le dijo —siempre fingiendo la voz:

—Por nada del mundo te abandonaría —y, en un arranque de estupidez, agregó—: te amo, Flidia.

Ella sintió que las palabras eran ciertas. Debían serlo. Nadie era capaz de dar tanto cariño y ternura sin estar —realmente— enamorado; entonces se atrevió a preguntar:

—¿Quién eres?

—Muy pronto lo sabrás.

—Júramelo.

—Te lo juro, mi amor, al poco tiempo de liberarte lo sabrás —concluyó, llevándola de vuelta a la cama para iniciar el acostumbrado ritual.

Desde luego, Tornillo había mentido.

En esa ocasión, mientras disfrutaba del orgasmo más prolongado y delicioso de su vida, Flidia exclamó, gimiendo de puro placer:

—¡Yo también te amo!

Casi a dos meses del secuestro, Tornillo decidió que ya había tenido suficiente. Su ego había saldado las cuentas con la personalidad de Flidia y su libido se había saciado hasta el cansancio con el cuerpo de la exuberante mujer.

El momento de regresarla a su mundo había llegado.

Aquella noche romántica, Tornillo llegó a la casa del Club de Golf en un auto alquilado y con matrículas sobrepuestas.

Ambos amantes siguieron con el acostumbrado ritual. Pero, en esta ocasión, Tornillo, en vez de retirarse a su casa, empapó un pañuelo con cloroformo y adormeció a Flidia. La desató y la vistió con las mismas prendas de que la había despojado la noche del secuestro. Quitó los parches de los ojos, los lavó perfectamente y limpió las pestañas con una solución oftálmica. A continuación transportó a la muchacha hasta la cajuela del coche alquilado.

Tornillo se dirigió al gimnasio donde la había raptado. Eran casi las dos de la mañana y el lugar estaba desierto. Dio una vuelta a la manzana —sólo par cerciorarse que no había gente por allí— y posteriormente aparcó el automóvil justo a la entrada de las instalaciones. Abrió el portaequipaje y con sumo cuidado sacó a la chica, la sentó en el portal, recargándola contra la puerta de cristal de la entrada y se marchó.

Unas cuantas manzanas más adelante, encontró una cabina telefónica, y desde allí dio aviso a la policía sobre el paradero de Flidia.

★　★　★

Flidia abrió los ojos, atontada y lo primero que echó de menos fueron los parches. Al principio creía que estaba soñando y volvió a cerrarlos, apretando los párpados. Tenía un fuerte dolor de cabeza y cuando se llevó las manos a las sienes descubrió que podía hacerlo, pues no estaba atada. Entonces abrió los ojos de nuevo, sintiendo un pánico atroz. Trató de levantarse y cayó al suelo. Se dio cuenta de que estaba despierta —si bien entorpecida por los efectos del cloroformo.

Justo en el momento en que trataba de ponerse de pie por segunda vez, llegaron dos patrullas y un auto de la policía judicial.

Flidia estuvo hospitalizada durante dos días, más para reconocerla físicamente que por algún problema real de salud. Al principio, veía todo borroso y la lastimaba sobremanera la luz en los ojos. Sin embargo, después de ese lapso internada en el hospital, todo había vuelto a la normalidad.

En cuanto a la policía, aquella misma noche comenzaron a interrogarla con respecto a su misteriosa desaparición, pero su padrastro se encontraba presente y suplicó a los oficiales que volvieran al día siguiente.

Los médicos encontraron que Flidia sufría de conjuntivitis y estaba muy pálida; aparte de esto, se encontraba en excelente estado de salud.

Flidia se negó rotundamente a que le examinaran la vagina.

Finalmente, declaró a la policía todos los pormenores del secuestro:

Sus captores habían sido por lo menos tres hombres. Ella había logrado escuchar que se encontraban en una casa de campo, la mujer ignoraba en dónde.

No. No habían abusado de ella sexualmente.

No. No la habían maltratado en ningún momento.

No. Definitivamente *no* sabía cuál había sido el móvil del secuestro.

El policía judicial que la interrogó en el hospital, era el mismo fulano que había sugerido que ella se había marchado por voluntad propia.

Al terminar el breve interrogatorio, el policía salió del hospital y, tan pronto entró a su automóvil, le dijo a su pareja de servicio:

—Esta puta seguro que se fue a coger con su amante y nos puso a trabajar a todos como pendejos.

Tornillo, por su parte, devolvió el automóvil alquilado con las matrículas reales y acondicionó el sótano de la casa de Lipia y Ricardo como se encontraba antes de todo aquel galimatías.

A partir de la liberación de Flidia, Tornillo cambió de fragancia *¡de inmediato!*

Flidia volvió terriblemente deprimida a la casa materna. Por absurdo que le pareciera, se había enamorado de su invisible captor.

A la mañana siguiente de haber regresado a casa, todos los

cabellos de la nuca se le erizaron cuando su padrastro al salir rumbo al trabajo le dio un beso en la mejilla. Reconoció el aroma que tan bien conocía.

Esto la hizo dudar, pues su padrastro era casi ocho años más joven que su madre y era un deportista consumado: tenis, pesas, squash; a sus cuarenta y tres años, su condición física era estupenda.

La duda la asaltó en forma descabellada. ¿Podía ser él? No, no era posible. ¿Por qué no? Ella era una mujer espléndida y el padrastro había convivido con ella varios años. La había visto en camisón y alguna vez en ropa interior. Jamás se había insinuado ni había tenido alguna mirada de deseo hacia ella.

No, simplemente no era posible.

Pero… ¿por qué no?

Aparte de las tremendas y punzantes dudas hacia su padrastro, al llegar la noche, como si se tratara de un sexto sentido, Flidia experimentaba un apetito sexual desmedido. Extrañaba su dosis diaria de sexo intenso y no se resignaba a renunciar a él.

Así que una tarde, estando su madre fuera de su casa, decidió comprobar si era su padrastro aquél que la había seducido.

Se preguntó cómo reaccionaría si la respuesta era afirmativa. No lo sabía, sólo sabía que necesitaba su amor —a como diera lugar.

El buen tipo se encontraba leyendo la sección deportiva del diario cuando Flidia fue a sentarse en la bracera del mismo sillón. El señor se sorprendió un poco con la actitud de su hijastra, pero comprendía que después de todo lo sucedido necesitaba afecto.

Ella le pasó el brazo por el hombro y él por la cintura, distraídamente y sin dejar de leer el diario. Flidia tomó este gesto de manera equivocada y le susurró al oído:

—¿Por qué no subimos a mi habitación?

Al padrastro se le cayó el periódico de la mano derecha e inmediatamente retiró el brazo izquierdo de la cintura de Flidia.

—¿Cómo dices?

Ella lo miró profundamente e insistió.

—No te preocupes por nada. Sabes bien lo que quiero.

El hombre se puso de pie y sin decir más, huyó rumbo a la calle.

La chica debía estar afectada de sus facultades mentales. De ahora en adelante habría que tratarla con mucho cuidado.

Flidia se quedó completamente desconcertada ante la actitud de su padrastro. ¿Se había equivocado?

Sin embargo, habiendo cientos de fragancias distintas, ¿no era demasiada casualidad que usara la misma de su captor?

Además, este último era alguien conocido, pues sabía de su rutina y la llamaba por su nombre.

Por si fuera poco, le había dicho que después de liberarla le daría una clave para reconocerlo.

Dejó pasar unos días y se decidió de una vez por todas a aclarar sus dudas.

Una mañana, la madre de Flidia había salido a trabajar y el padrastro se preparaba para irse cuando ella lo interceptó:

—Tengo que hacerte una pregunta.

Con suma precaución, el buen hombre dijo:

—Adelante.

—¿Me deseas?

Él tragó saliva nerviosamente, pero contestó con firmeza.

—No. Eres una mujer muy hermosa, pero siempre te he visto como a una hija.

Mirándolo firmemente a los ojos, demandó:

—¿No fuiste tú quién me raptó?

—¿Qué estás diciendo?

—Ya me oíste.

—Flidia, creo que sería conveniente que consultaras con un especialista. Tu estado nervioso no está bien.

La seguridad con que él contestó, hizo ver a Flidia que había cometido un grave error. Definitivamente aquel no era el hombre que ella estaba buscando.

El padrastro se marchó a trabajar y aquella misma noche le platicó a su esposa las dos escenas que había padecido con su hijastra.

La madre comprendía que su hija se encontraba alterada después de lo que había vivido pero no podía permitir que le arruinara su matrimonio. Si Flidia seguía con aquella actitud, tal vez un día su marido no resistiría.

Al día siguiente trató de hablar con su hija, pero ella se encontraba en un mutis absoluto. No podía confesarle a su madre cuáles eran sus motivos y por otro lado se sentía muy avergonzada de haber actuado como lo había hecho.

La madre le sugirió a Flidia que sería mejor para todos que se marchara de la casa.

Y así lo hizo.

Sin dar explicaciones innecesarias, Flidia le pidió asilo a Irene, una de sus mejores amigas, que estaba casada con Roberto, quien a su vez, también había recibido un frasco de la colonia de muestra gratis.

Irene recibió a su amiga con los brazos abiertos y le dijo que podía hospedarse en su casa todo el tiempo que quisiera.

Roberto no se encontraba en la ciudad y regresaría cinco días más tarde, y no fue hasta entonces cuando la saludó con un beso en la mejilla y le dio la bienvenida a su hogar, cuando Flidia sintió su aroma.

¡Por supuesto!

Roberto era ginecólogo y tenía unas manos muy suaves, debía ser él. Desde que se conocían, hacía más de diez años, Roberto siempre era muy cariñoso y, de una u otra forma, se había insinuado con ella varias veces.

¡Allí estaba!

Roberto nunca había perdido la esperanza de que aquella bien torneada hembra se convirtiera en su compañera de juegos sexuales. Y ¿habría una mejor oportunidad que ahora que la tenía viviendo en su propia casa?

Cuando Irene no estaba presente, Roberto le lanzaba miradas intensas a Flidia. Al principio, la chica se cohibía un poco, mas la insistencia era tanta, con tal seguridad, que ella empezó a corresponderlas.

Una mañana, Flidia salió de su habitación con el cabello aún húmedo, llevaba unos vaqueros y una playera que se pegaba provocativamente a su hermoso busto. Lucía fresca y apetitosa.

Al cruzarse con Roberto en las escaleras, éste la detuvo, admirándola y dijo:

—Luces bellísima recién bañada.

—¿Sólo recién bañada?

Él acarició delicadamente la húmeda cabellera y aventuró en un susurro:

—Me encantaría bañarme contigo.

Ella se ruborizó, pero al mismo tiempo se le puso la carne de gallina.

¿Qué mejor señal podría darle su captor?

Sin embargo, decidió esperar un poco más.

Como ella no había rechazado la oferta en forma alguna, días después, Roberto insistió:

—¿Cuándo vas a dejar que te bañe?

Entonces, para sorpresa de él, Flidia respondió:

—Cuando quieras.

Él no sabía si Flidia había tomado todo aquello como una broma y sólo le seguía la corriente. Sin embargo, al día siguiente Irene se fue de compras y los dos se quedaron solos. Él ardía en deseos por Flidia y le dijo con voz temblorosa:

—¿Nos bañamos?

Ella le tomó las manos y las acarició. Eran muy suaves. Luego dijo:

—Eres tú, ¿verdad?

Él contestó lógicamente:

—Desde luego que soy yo.

—Lo sabía —dijo ella y lo besó en la boca apasionadamente.

Unos minutos después estaban en la ducha. Sin embargo, Roberto no se concretó a bañarla a la usanza de Tornillo, sino que de inmediato dirigió todas sus caricias a la entrepierna de la chica.

Flidia pensó que sería por el deseo contenido por varios días y lo dejó hacer. Estaba muy excitada.

Roberto la acarició unos minutos con los dedos y cuando sintió que estaba lo suficientemente lubricada, se colocó detrás de ella y la penetró salvajemente.

Flidia esperaba cualquier cosa menos aquello.

Definitivamente éste no era su hombre. Se había vuelto a equivocar.

Luchó para liberarse, pero él la sujetó fuertemente. Ya había ido demasiado lejos para frenarse ahora.

Flidia empezó a gritar y esto sólo contribuyó a excitar más a Roberto, quien en unos cuantos segundos logró su orgasmo, bajo los potentes chorros de agua caliente de la regadera.

En cuanto soltó prenda, Flidia salió corriendo de la ducha.

Se sentía más humillada que nunca y lo peor de todo era que ella misma había provocado el incidente.

Completamente avergonzada por lo sucedido, Flidia decidió marcharse. Esa misma tarde agradeció a Irene todas sus atenciones y, argumentando que ya había causado muchas molestias, se mudó a casa de otra de sus amigas.

Roberto, guiñándole un ojo, se ofreció a llevarla. Ella rehusó cortésmente. Tomó un coche de alquiler y esa noche ya estaba instalada en casa de Aura, cuyo marido era Gabriel, cuya loción también rezaba las palabras "muestra gratis".

Gabriel era lo que se llama un zorro. Tan pronto se enteró de que Flidia viviría con ellos se propuso conquistarla.

En el pasado se había insinuado con ella un par de veces, pero había sido rechazado con una breve caricia en el rostro. Ahora que tendría más contacto con la bien formada soltera, ya vería él la manera de llevársela a la cama.

Sin embargo, no haría las cosas precipitadamente; tenía todo el tiempo del mundo para granjearse a la diva; así que se dedicó a mimarla como si se tratara de una hija pródiga.

Por medio de Aura, Gabriel investigó cuáles eran los platillos favoritos de Flidia y eso era lo que todos comían.

Si Flidia deseaba ver un espectáculo o ir al cine, sólo tenía que sugerirlo y de inmediato era complacida.

Aura no tomó a mal tantas atenciones hacia su mejor amiga, sino todo lo contrario, su marido siempre había sido muy cariñoso con Flidia y, tomando en cuenta los dos horribles meses que debía haber pasado cautiva, merecía aquellos halagos.

Para Flidia, el comportamiento de Gabriel —y el aroma de su loción— dejaban poco lugar a dudas, debía tratarse de él. Lo estaba demostrando, ¿o no?

Pero Flidia recordaba los errores cometidos con su padrastro y con Roberto y decidió esperar a una señal más directa, aunque por dentro se consumía en amor y deseo.

Gabriel por su parte, no podía soportar aquella situación mucho tiempo más. Flidia seguía vistiéndose con indumentarias provocativas y cada día lucía más deseable.

Por fin un día se presentó la oportunidad para ambos.

Aura había ido a comer a casa de sus padres y Gabriel se encontraba preparando la comida para Flidia y para él. Se trataba del platillo favorito de la chica.

Ataviado con un delantal, el hombre se movía en la cocina como si fuera un experto chef mientras Flidia se encontraba muy a gusto, viéndolo hacer.

Mientras esperaban a que el lenguado estuviera en su punto, él había servido oporto en un vaso y en un movimiento espontáneo, lo acercó a los labios de la chica.

Ella bebió entusiasmada. Recordaba aquella escena perfectamente bien.

Continuando con los mimos, Gabriel sirvió el pescado en un plato y allí mismo en la cocina y de pie, le dio a Flidia de comer en la boca.

Ella lo miraba intensamente.

Él se sentía complacido, todo parecía indicar que ya tenía a Flidia en el bolsillo.

Tan pronto terminaron de comer, él le limpió delicadamente la boca con una servilleta.

No podía estar equivocada. Se encontraba en presencia del secuestrador.

Tomó a Gabriel de la mano y lo guió a la habitación.

Se besaron apasionadamente durante varios minutos mientras él recorría con sus manos temblorosas de placer todo el cuerpo de ella.

Si bien Gabriel la acariciaba con ternura, por alguna razón, Flidia sentía que algo andaba mal.

Gabriel desabotonó la blusa y el sostén. La había deseado tantas veces, tanto tiempo. Besó y lamió los endurecidos pezones con deleite exquisito.

Le bajó el cierre a la minifalda y ésta cayó al suelo. Con manos expertas y con gran delicadeza, acarició las nalgas y la entrepierna de la chica.

Ella olvidó sus temores y se entregó sin medida al placer.

Gabriel la recostó en la cama con suma ternura y la despojó de la diminuta pantaleta. Después se desvistió y se dedicó a lamer todo el delicioso cuerpo de la mujer.

Flidia estaba perfectamente lubricada y él iba a proceder a penetrarla, cuando, embelesado, hizo un comentario:

—Flidia, cariño… te imaginaba muy bella, pero nunca pensé que lo fueras tanto.

Flidia sintió que le atravesaban el estómago con una espada bien afilada. De pronto, todo su libido se convirtió en alarma.

—¿Qué has dicho?

Él se sorprendió con el tono de voz de ella y repitió:

—Te he soñado mil veces, mi amor, pero la realidad supera con mucho a la fantasía.

Ante los ojos sorprendidos de Gabriel, ella se puso de pie y se cubrió instintivamente el monte de venus y el pecho, mientras preguntaba:

—¿Quieres decir que nunca antes me habías visto desnuda?

Él estaba boquiabierto y dijo:

—Sabes muy bien que no, cariño.

Entonces Flidia recogió rápidamente su ropa y salió corriendo a vestirse al cuarto de baño, cerrando tras ella la puerta con seguro.

Gabriel se quedó parado allí, desnudo, como un imbécil, esperando que todo se tratara de una estúpida broma, pero después de unos minutos, ella apareció completamente vestida y le pidió que saliera de la habitación.

Gabriel exigió una explicación.

Ella sólo dijo:

—Todo ha sido un malentendido, por favor, perdóname.

Él la contempló como si se tratara de una demente y —asintiendo— recogió su ropa y salió de allí.

Esa misma tarde cuando Gabriel no estaba en casa, Flidia se despidió de Aura. Le agradeció todas las atenciones que había tenido con ella y se fue a casa de Olga, la otra soltera del grupo. Allí, por lo menos, no correría el riesgo de liarse con hombre alguno.


Flidia concluyó que el hecho de que su padrastro y los maridos de sus amigas usaran la misma fragancia no podía ser una mera casualidad y concluyó que todo aquel embrollo había sido ideado por su captor para despistarla. No obstante, si bien el truco había sido una auténtica canallada, ella no podía dejar de admirar al hombre por su gran astucia, lo cual ocasionó que se enamorara aún más de él y lo deseara como nunca antes.

Flidia pudo comprobar el amor que le tenía un mes después, cuando llevaba ya diez semanas de retraso en su menstruación y el ginecólogo le confirmó que estaba embarazada.

Desde luego que podía haberse procurado un aborto y con todas las de la ley, ya que su embarazo había sido el resultado de un rapto, pero decidió no hacerlo. Si no iba a encontrar a su hombre nunca más, deseaba al menos tener algo de él. ¿Qué mejor que un hijo?

Se fue a vivir a otra ciudad y consiguió empleo. Como era muy competente, no tuvo dificultad en encontrar uno bueno.

Con el tiempo fue aceptando la idea de que nunca más sería acariciada como durante su cautiverio.

Los meses pasaron y Flidia dio a luz un varoncito de tres kilos y medio.

Según el niño crecía, ella sabía que le recordaba a alguien, pero no acertaba a identificar a quién.

Los años pasaron y un día volvió a su ciudad natal. Gracias a otra casualidad, se encontró con la esposa de Tornillo en un centro comercial y ésta la invitó a cenar a casa.

Mientras Teresa, Tornillo y Flidia tomaban un aperitivo, el hijo de Tornillo apareció en escena.

Flidia casi se atraganta al verlo.

Era el vivo retrato de su propio hijo.

Al día siguiente, Flidia se las ingenió para entrevistarse con Tornillo.

A petición de ella, la recibió en su despacho y cerró la puerta.

Flidia no esperó y le dijo con absoluta seguridad:

—Eres tú quien me sedujo.

—¿Perdón? —dijo Tornillo, fingiendo absoluta sorpresa.

—Anoche, cuando vi a tu hijo, lo supe, es idéntico al mío…
al nuestro.

—No te entiendo.

—Por favor, Tornillo, no finjas. No te imaginas por todo lo
que he pasado tratando de identificarte. No sabes cómo me
cuesta vivir sin ti.

—Perdóname, Flidia, pero en verdad no sé de qué me hablas.

La mujer se desesperó y se levantó de su asiento. Tornillo se
puso de pie, temiendo un ataque por parte de ella.

Pero nada de esto sucedió.

Ella le pasó los brazos por el cuello y le dijo, muy cerca del
rostro:

—Te perdono, vida mía. Te perdono todo, pero acaríciame,
te lo suplico, amor mío, ¡hazme el amor!

Tornillo se deshizo de los brazos de la chica con suavidad,
pero con firmeza y le dijo:

—Mira, Flidia, hace años, lo habría hecho con mucho gusto.
Me encantaba tu pureza, sin embargo, has cambiado demasiado
y a mí no me gustan las busconas.

Dicho esto, la tomó del brazo y la llevó hasta la puerta.

—Adiós, Flidia —Tornillo dio por terminada la entrevista y
cerró tan pronto salió la mujer.

Flidia pensó que había vuelto a equivocarse. Salió de allí humillada y avergonzada. Sin embargo, al menos —se consoló—
Tornillo se había comportado como todo un caballero y no
había tratado de aprovecharse del malentendido.

# ORQUÍDEA

UNA VEZ FUI invitado a dar una conferencia sobre decoración para un club de damas católicas. Siempre he sido amante de compartir lo poco que conozco. Especialmente cuando se puede cenar gratis y puedo cobrar por las burradas que digo.

Estudié para ser arquitecto y un azar del destino me envió con una beca a Francia para especializarme en decoración de interiores. En la Ciudad Luz aprendí muchas cosas, la más importante, a dedicarme a la vida bohemia.

La noche de la conferencia, apenas había empezado a hablar cuando vi entrar al salón a una chica de unos dieciocho o diecinueve años, alta y muy esbelta.

Para mi fortuna, tomó asiento cerca del podium y la pude observar a lo largo de la sarta de tonterías que iba recitando de memoria.

Al terminar aquella farsa, las veintitantas mujeres presentes aplaudieron y la presidenta del club, tomando el micrófono y la palabra, invitó a las asistentes a pasar a un salón adjunto a tomar un refrigerio.

Me las ingenié para estar cerca de la muchacha que había llamado mi atención y, una vez que estuve a su lado, pude comprobar su hermosura.

Tenía enormes ojos verdes, como un par de esmeraldas finamente talladas, pero más preciosas aún. Su nariz no era perfecta, sin embargo, encajaba en su rostro como moldeada a propósito ligeramente hacia la derecha. El labio superior resultaba imposiblemente sensual y el inferior se me antojó de inmediato mordisquearlo.

Todo lo anterior estaba coronado con cabello ondulado exquisitamente castaño.

Usaba ropas sueltas, las cuales, sin embargo, lejos de distraer la figura de diosa que tenía frente a mí, me hacían concentrarme en describir aquella serie de curvas y laberintos voluptuosos que fácilmente podían convertirse en obsesión y, si me descuidaba, me podían volver loco de atar.

Rápidamente entablé conversación con ella, ignorando al resto de las asistentes, que no eran más que unas pajarracas desagradables y ruidosas.

Decidí no perder ni aquella oportunidad ni mi tiempo, así que al despedirme la invité a cenar, de ser posible, aquella misma semana.

Para mi sorpresa, aceptó sin dudarlo, pero habría una pequeña condición: sus padres —dijo— eran ese tipo de gente chapada a la antigua; de tal manera que debería presentarme en su casa para que me conocieran y vieran "la clase de persona" que era.

A mí me disgustaba este tipo de tratos, pero al contemplar la belleza de Orquídea, acepté sin titubear.

*  *  *

Para la ocasión tan especial, le pedí prestado su automóvil a mi amigo Francisco —el mío era mera chatarra— y una buena cantidad de dinero a mi hermano Fernando. Aquella noche, sucediera lo que sucediese, no pensaba escatimar en nada que estuviera a mi alcance.

Me vestí con mi mejor traje —de los dos que tenía— y me puse una camisa recién planchada. Mi abasto de loción estaba en las últimas y tuve que hacer uso de un frasco nuevo que pensaba regalarle a Fernando en su cumpleaños.

Cuando me miré al espejo, antes de salir de casa, difícilmente podía creer lo que mis ojos veían.

Gracias a Orquídea, me había convertido en un perfecto burgués.

Esperaba con vehemencia que la impresión que les causara a los padres de la bella fuera positiva.


Estacioné el deportivo rojo de Francisco justo en la puerta de la casa —para lucirlo— y pulsé el timbre.

Después de un eterno minuto sin respuesta, comencé a ponerme nervioso e hice sonar nuevamente la campanilla. Mientras tanto, un sinfín de pensamientos paranoicos tomaron por asalto mi cerebro. ¿Qué tal si todo aquello no había sido una broma juvenil y Orquídea ni siquiera vivía en esa casa? O tal vez ella y un grupo de amigos se encontraban cerca, observando la escena y se destornillaban de risa gracias a mi elegante persona.

Saqué un paquete de cigarrillos de mi chaqueta y con mano temblorosa encendí un tubito de tabaco rubio.

Había pasado —según yo— una eternidad desde que había hecho sonar el timbre y nadie abría. Arrojé el cigarrillo recién encendido a la calle y de inmediato le apliqué fuego a otro. Ya estaba pensando seriamente hacer sonar la bocina del coche —por lo menos una veintena de veces— cuando en el interior de la residencia empezó a ladrar un perro. Hice sonar la campanilla una vez más y no contento con esto, empecé a golpear la puerta con un puño.

Si alguien conocido me hubiera observado en ese momento, seguramente no me habría reconocido, pero mi ansia era mucha y el deseo de ver a Orquídea aún mayor. Cuando ya me encaminaba al automóvil con la firme intención de despertar a todo el vecindario, escuché un agrio:

—¿Quién es?

Era una voz casi femenina del otro lado de la puerta.

Al principio no sabía si había sido mi imaginación jugándome un truco o bien se trataba del perro, que finalmente se había aburrido y había empezado a hablar. Sin embargo la pregunta se volvió a repetir con la misma carga de mal humor.

—¿Quién es?

El tono de voz me hizo sentir como un chico que ha estado haciendo travesuras y contesté:

—Soy yo, Javier.

Mis nervios se encontraban en verdad alterados a causa de la espera y mi nombre se quedó atorado en la garganta, haciéndome producir una voz ridícula que no era la mía.

—¿Qué Jaime? —quiso saber la voz al otro lado de la puerta, entremezclada con los ladridos de un can, ¿o eran dos?

—No Jaime —contesté indignado—, soy Javier —aclaré.

Aún sin abrir la puerta de la calle, la voz en el interior quiso saber más?

—¿Cuál Javier? —interrogó.

Yo no sabía si Orquídea había notificado a la gente de su casa que un tal Javier pasaría por ella para llevarla a cenar, pero la situación me estaba cansando rápidamente; sin embargo, nada más pensar en aquellos ojos verdes que me estarían mirando durante una buena parte de la noche, me calmó y contesté con serenidad a la mujer al otro lado de la puerta:

—Vengo por Orquídea, vamos a salir a cenar.

En ese momento los perros empezaron a ladrar con más fuerza. Ahora calculaba que se trataba de tres o cuatro animales —y grandes.

La voz de mi interlocutor se extinguió, permitiendo a los animales intimidarme con sus ladridos. Finalmente, contestó:

—Déjeme ir a avisarle.

Dicho esto, los ladridos se alejaron de la puerta y me quedé allí parado en un casi completo silencio que habría de durar varios minutos.

Justamente cuando estaba a punto de hacer sonar el timbre una vez más, los perros se fueron acercando de nuevo y otra voz —esta vez masculina— volvió a interrogarme:

—¿Quién es? —preguntó suavemente, pero con energía.

Empecé a pensar que todo aquello era una bien montada broma y que permanecería allí parado hasta que cinco o seis personas preguntaran la misma idiotez. Entonces, de pronto, se abriría la puerta de par en par y un grupo de muchachos de la edad de mi diosa aparecerían en el umbral, riéndose de mi persona de buena gana.

Aun así, contesté, casi gritando para hacerme entender entre los ladridos:

—Soy Javier, tengo una cita con Orquídea para ir a cenar. ¿Sería tan amable de avisarle que estoy aquí?

Otra vez silencio y, finalmente, la voz firme:

—Le voy a abrir la puerta, pero hay un perro aquí dentro. No muerde, pero no se le acerque demasiado y no lo acaricie.

Entonces sonó el ruido de un cerrojo al ser corrido. La puerta se entreabrió.

Del otro lado, un hombre de unos cincuenta años con camisa de franela a cuadros me estudio de arriba abajo, con la hoja de la puerta entreabierta y con la mano izquierda oculta. Tal vez —me imaginé—sosteniendo un arma o quizás controlando al perro que tan ansiosamente había estado ladrando, exigiendo mis huesos para la cena.

Una vez de haber pasado la inspección visual, el tipo abrió un poco la puerta y me permitió entrar, murmurando, como en secreto:

—Vaya directo a la casa. Yo me hago cargo del perro.

No pude contener la curiosidad y de reojo quise ver al monstruo. Se traba de un *Cocker,* pero con evidente complejo de *Doberman.*

Su tamaño era tal que de haber tenido un letrero "cuidado con el perro" éste serviría más para proteger al animal de ser pisado que a alguna persona de ser atacada por él.

Atravesando un pequeño jardín, llegué hasta la casa y traté de abrir la puerta principal, pero aparentemente se encontraba cerrada con llave.

Puesto que el tipo encargado de la fiera me había dicho que fuera directamente hasta la casa —por cierto que no era otra mi intención—, traté una vez más de abrir la puerta, esta vez aplicando toda mi fuerza, pero no lo conseguí.

En eso estaba cuando el amansaperros llegó a mi lado y murmuró:

—Por ahí, no. Esa puerta casi nunca la abrimos. Espero que no le importe pasar por la cocina.

Yo deseaba argumentar que sí me importaba. Sobre todo después de las molestias que me había tomado para presentarme como un príncipe. Pero el señor ya avanzaba decidido con rumbo a una puerta posterior de la casa.

Cerré los ojos por un instante para pensar en la belleza que me esperaba más allá de la puerta de la cocina de aquella casa de locos y lo seguí.

Pasamos por una horrible cocina que apestaba a cochambre y ajos. Posteriormente por un antecomedor donde un niño de unos tres años hacía porquerías con un vaso de leche y galletas.

—Mi nieto —dijo casi en secreto mi guía—, el hijo de Violeta. Asentí como si conociera a Violeta de toda la vida y continué siguiendo al hombre hasta una amplia sala.

Una vez allí, el tipo que me había abierto la puerta y me había salvado de ser devorado por el *Cocker,* ordenó:

—¡Siéntese!

Se dirigió hacia unas escaleras de madera en bastante mal estado y yo me dispuse a encender un cigarrillo. Me lo merecía, pero el tipo volvió la cabeza y me lanzó una mirada que me hizo guardar el tabaco de nuevo en mi chaqueta.

Después de aquella mirada decidí que sería mejor respetar las reglas de la casa, así que tomé asiento.

Los sillones eran mullidos, pero definitivamente habían contemplado mejores días. Una nubecilla de polvo se levantó al dejarme caer sobre el sofá.

Como Orquídea tardaba, me dediqué a estudiar el lugar. Aquella sala podía haber servido para una película de fantasmas de los años cincuenta.

Tenía una chimenea que aparentemente nunca había sido utilizada. Sobre el dosel había apretujadas varias figuras que parecían de lladró y otras de porcelana china.

No me atreví a abandonar la relativa seguridad del sofá, pero me imaginaba las figuras plagadas de polvo rancio. De hecho toda la casa tenía un olor como a viejo.

Dos lámparas de mesa coronaban sendas mesitas desiguales a ambos extremos del sofá donde me encontraba. Una de ellas era una mala imitación de la Venus de Milo en dorado y blanco —si bien el color blanco sólo revelaba el yeso bajo el esmalte dorado. La otra era una especie de Atlas que sostenía una pantalla que alguna vez había sido beige y ahora mostraba manchas de humedad.

El conjunto de aquella sala, en sí, era sumamente deprimente y una sensación de terrible incomodidad me asaltó, haciéndome desear salir de aquel lugar. Con o sin Orquídea.

Aún sin fumar, traté de tranquilizarme, pero esto me resultaba imposible.

El murmullo de un televisor en el piso superior contribuía a traer malos presagios e imágenes desagradables.

Al consultar mi reloj, vi con terror que apenas habían transcurrido diez minutos desde que había estacionado el coche de Francisco a la puerta de la casa.

Si alguna vez escuchaste la expresión "mala vibración" allí estaba perfectamente justificada.

Después de acomodarme en el sofá más de cuatro veces, haciendo a un lado el temor de impregnar el traje de polvo, se escucharon pasos en la parte superior de la escalera, precedidos por amenazantes rechinidos y crujidos de la madera que —como todo lo viejo— se quejaba del peso que la naturaleza le había impuesto con los años.

Como en un desfile militar, el hombre que había abierto la puerta precedía a una señora alta que debía haber sido muy bella, pero tenía cara de amargura. Después seguía una joven muy hermosa, pero excesivamente gorda, y por último mi sueño: Orquídea.

Me apresuré a ponerme de pie, sobre todo para causar una buena impresión. Parecería curioso, pero el padre de Orquídea y yo no nos habíamos presentado todavía, si bien habíamos tenido ya cierto tipo de contacto.

Esta vez muy cortés —noté que se había puesto un saco sobre la camisa de franela— se presentó él mismo, después a su esposa, de nombre Lila y a su hija, la gorda, que resultó ser la madre del niño del antecomedor: Violeta.

Busqué con ansia los ojos de Orquídea para tratar de sentirme más como en mi propia casa, pero ella los había desviado en lo que interpreté sería un acto de timidez casi insufrible.

Tomamos asiento los cinco.

—¿Gusta tomar algo, ingeniero? —preguntó el padre, quien por lógica debía llamarse Crisantemo o Clavel, pero lo habían bautizado con el nombre de Miguel.

—No, muchas gracias. Por cierto, soy arquitecto.

En ese momento pasó por mi mente el hecho de que, de haber aceptado, me habrían ofrecido una limonada. Tal era el panorama.

—¿No quiere tomar una limonada? ¿Tal vez un té de manzanilla, arquitecto?

—No, muy amable —contesté, tratando de ahogar una inci-
piente sonrisa de pura satisfacción.

Hasta entonces, como iban las cosas, podría más o menos
manejarlas. Ya comenzaba a conocer el jardín botánico que
Orquídea tenía por familia.

—Bien —dijo Miguel, aclarándose la garganta —entonces,
si no le importa, vamos al grano.

Todo aquello empezaba a tomar un cariz de junta de ne-
gocios.

La madre y la hermana de mi admirada, como testigos, ella
misma, como la mercancía de compraventa.

Si en un principio me había sentido incómodo por la situación, ahora ésta se tornaba casi insoportable.

Lo único que me mantenía allí —aparte de mi destino— era
la presencia de Orquídea, que llevaba un vestido blanco y medias
del mismo color, con el cabello recogido hacia atrás, estirándole
la frente y dando a su rostro una apariencia aún más sensual,
aunque —para satisfacción de sus padres—, rotundamente
virginal.

Miguel continuó yendo al grano.

—La nuestra es una familia muy unida, arquitecto, siempre
hemos permanecido juntos, en las buenas y en las malas. Somos
católicos practicantes y tenemos muy en alto los valores morales
y las buenas costumbres.

Aclarándose de nuevo la garganta, soltó a boca de jarro:

—¿Es usted católico, arquitecto?

En otras circunstancias la respuesta hubiera tardado mucho
tiempo en salir de mi boca, sobre todo porque —según recordaba— mi primera comunión había sido también la última y
en otra ocasión que me había decidido a confesarme, la peniten-

cia había sido tan extensa que preferí dejar todo el asunto por la paz. Sin embargo, el ambiente de aquella casa era tan parecido al de un monasterio medieval que, rápidamente, contesté convencido:

—Sí, señor, todos en mi familia somos católicos practicantes.

Estuve tentado a añadir que teníamos en alto los valores morales y todas esas cosas, pero mejor cerré la boca.

—¡Qué bueno! —pontificó el padre de Orquídea—. Así podremos entendernos mejor en el futuro.

El tipo debía ser un maldito optimista, pues yo no podía ver futuro alguno entre la muy católica familia y yo.

No obstante, lo dejé continuar. Ya había ido demasiado lejos todo aquel galimatías.

Él continuó con su perorata:

—Mi hija Violeta, aquí presente, fue novia de Juan, mi yerno, quien no está presente, durante un período de ocho meses. Después se casaron.

Aclarándose la maldita garganta una vez más, continuó:

—No soy tan anticuado como para exigirles a usted y a mi hija Orquídea que salgan acompañados de un chaperón —que podría ser Violeta—, pero sí le voy a pedir como favor me haga un breve esbozo de su vida. Si no tiene usted inconveniente.

Aquello ya era demasiado. Aún por una belleza como Orquídea. Sin embargo, ya estaba en medio de la refriega y salirme entonces me hubiera dejado igual o peor de herido que continuar. Así que haciendo acopio de prudencia y paciencia, contesté suavemente:

—Bueno, como ya dije, somos una familia católica practicante.

Inexplicablemente, yo también me interrumpí para aclararme la garganta. Me moría por un cigarrillo, pero eso quedaba completamente descartado.

Luego de aclararme otra vez la garganta, continué:

—Mis padres se llevan muy bien y son una pareja parecida a ustedes.

La verdad era otra. Mi padre había huido con su secretaria cuando yo tenía doce años y mi madre se volvió a casar, divorciándose y casándose una vez más con un hombre quince años menor que ella, quien se encargó de arrasar con lo poco que ella poseía.

—Siempre me eduqué en colegios católicos.

Omití mencionar que siempre me habían expulsado de ellos por hablar mal de la Virgen y de los santos, en quienes definitivamente no creía.

—Soy soltero —me aclaré la garganta, aunque esto último sí era verdad. Nunca sabré por qué razón terminé la frase diciendo—: Y estoy buscando a una chica de mi estilo, con las mismas costumbres, para compartir con ella mi vida futura.

Dicho esto, doña Lila —que me había estado observando como un coronel de las SS hitlerianas a un rabino— esbozó una sonrisa de gran satisfacción.

Mientras tanto, Orquídea parecía aburrida. Quién sabe cuántas veces había tenido que pasar por todo aquello.

Como las mentiras ya habían rebasado cualquier límite, me dediqué a fabricar toda una cascada de ellas:

—Como ustedes ya saben, soy arquitecto. Actualmente me encuentro trabajando en un proyecto para una empresa llantera, cuyo nombre prefiero omitir. Sin embargo, se trata de un edificio de treinta y cinco pisos. Tengo doce años de recibido

—lo cual era cierto— y, modestia aparte, he tenido una carrera brillante y en constante ascenso —lo cual no era cierto.

Todo lo anterior estaba sustentado en mi traje, la loción de Fernando, el auto de Francisco y un Rolex que había ganado hacía años jugando al póquer con unos amigos.

Como me estaba extralimitando y se estaba haciendo tarde, decidí cerrar la boca para ver la reacción de la florida familia.

En eso estábamos cuando el niño de la leche y las galletas hizo su aparición en escena y, sin más explicaciones me dijo:

—Niño feo, ésta no es tu casa. Ésta es la casa de abuelito.

Completando la agradable bienvenida, me sacó una lengua que todavía tenía trocitos de galletas en ella y se encontraba blanquecina por la leche.

No me quedó más que sonreír, aunque sentía la cara como de cartón y temí en un momento que empezara a desintegrarse en trozos.

Violenta levantó sus gruesas nalgas del sillón donde estaba posada, como si un venenoso insecto le hubiera picado en el culo, y se dirigió amenazadoramente al pequeño monstruo, sacándolo con violencia de la sala hacia otra parte de la casa —tal vez una mazmorra— seguramente para enseñarle buenos modales.

Todavía no se entendía bien lo que estaba sucediendo cuando el pequeño energúmeno empezó a llorar. ¡Ni hablar!, había que educar católicamente a aquellos pequeños engendros.

—Disculpe usted la interrupción, arquitecto —dijo doña Lila, suspirando.

—No hay cuidado, señora. Se ve que el niño es muy vivaz.

—Bien, arquitecto, no lo detenemos más —dijo don Miguel, dando a entender que ya había pasado el examen para salir a cenar con su guapa hija—, sólo me queda suplicarle un favor.

—Usted dirá, don Miguel —dije con aprehensión. Me imaginé por un par de segundos una sarta de locuras, como, por ejemplo, tener que ir a misa o a comulgar antes de cenar: o tal vez rezar el rosario. Esa noche cualquier cosa era posible.

Aclarándose la garganta, el padre de la bella ordenó, más que suplicar:

—Queremos que estén de regreso a más tardar a la una. Tenemos en muy alta estima a nuestra hija y sabemos que después de esa hora es muy peligroso andar por la calle, así que, por favor, arquitecto, a la una a más tardar, si es tan amable.

Yo me encontraba como drogado por todos los acontecimientos en aquella fea casa, así que acepté de inmediato, agregando que estaba completamente de acuerdo con la hora y que, efectivamente, esta ciudad era muy peligrosa, incluso antes de la una.

Eché un discreto vistazo a mi reloj. Eran las nueve y media.

Por lo general, con las mujeres con quienes estaba acostumbrado a salir, a la una o a las dos de la mañana apenas empezaba la diversión. ¡Ni modo!

Por increíble que parezca, doña Lila nos dio la bendición a ambos, haciendo que Orquídea besara la señal de la cruz que había fabricado con los dedos.

Después don Miguel nos escoltó hasta la puerta de la calle, asegurándonos que él se haría cargo del perro. Antes de salir de nuevo a la normalidad del mundo, volví instintivamente la cabeza hacia una ventana de la casa que se encontraba iluminada.

Allí estaba el niñito con la cara pegada al cristal y, abusando de su soledad, volvió a sacar la lengua.

Don Miguel nos suplicó que nos cuidáramos mucho y me

encargó encarecidamente la seguridad y la integridad física de su preciosa hija.

Finalmente abordamos el auto de Francisco y nos alejamos de allí.

Me encontraba callado y pensativo, intentando comprender lo sucedido.

A menos de dos manzanas de la bendita casa, Orquídea hurgó en su bolso y extrajo un par de cosas.

Curiosamente, era la primera vez que hablaba aquella noche y, con una voz que sonaba poco apropiada para la hija de una familia católica practicante, simplemente dijo:

—¿No te importa si me doy un toque?